そして、傲慢が売りの俺様男は、絶対的なその立場を行使するのに、躊躇いもしない。
「さあ、愛しき花嫁よ。私の肌の燃ゆるがごとき情熱を、たっぷり感じるがいい」
（本文より）

BBN
B●BOY NOVELS

獅子王の蜜月

～Mr.シークレットフロア～

あさぎり夕

イラスト／剣解

この物語はフィクションであり、実際の人物・
団体・事件等とは、一切関係ありません。

CONTENTS

登場人物紹介

志摩創生　しま　そうせい

クールな美貌をもつ、出版業界最大手・東王出版のやり手編集者。気が強く、思ったことは口にしてしまう。大人気作家である八神響の担当。作家としての顔も持っている。

アスラーン

アラブの王国・バハール首長国のアミール（皇太子）であり、いずれ獅子王となる男。傲慢で、欲しいものは全て自分のものにする。志摩をさらい、その腕の中で快楽に啼かせた。

八神　響　やがみ　きょう

超売れっ子小説家。大ヒット作を次々に発表し続けている。気難しく傲慢で、自分の気に入らない編集者とは絶対に仕事をしない。

サイード

バハール首長国の第四王子。6歳になる息子・ナフルとともに来日。シークレットフロアに滞在している。日本人の恋人（男性）がいる。

獅子王の蜜月 ～Mr.シークレットフロア～

1

(あーもー、なんだってんだ、この超無駄遣いの遠恋……)

どっぷりと浸かった浴槽の中で、志摩創生《しまそうせい》は鬱陶《うっとう》しく絡んでくる男の、湯よりもさらに熱い肌を感じながら、うんざりと思う。

「放っておいてすまなかった。寂しい想いをさせたな。心にも、身体にも」

口づけのあいまの睦言《むつごと》にも、辟易《へきえき》する。

「放っておいてくれてかまわないし。そのほうが、俺的には平和だし……」

ついつい本音を漏《も》らしてしまった瞬間、志摩を抱き締める腕に、ぎゅっと力がこもる。

「ははは一、可愛い憎まれ口を。退屈な平和より、波瀾万丈《はらんばんじょう》の愛の日々を、たっぷりと味わわせてやろうぞ」

望みもしないのに勝手に志摩を恋人あつかいして、歯の浮くようなセリフとともに、強引にことを進める男の名は、アスラーン。

日本ではほとんど名の知られていない中東の小国、バハール首長国の王様《スルターン》である。

とはいえ、知名度があろうがなかろうが、国土の大半を占める砂漠に埋蔵された潤沢《じゅんたく》な石油は、日本にも恩恵を授けてくれている。

たとえ全輸入量の数パーセントであろうとも、バハールからのタンカーが止まれば、ガソリンの値段が一気に高騰《こうとう》するくらいの影響は受ける。

つまり、正式名称アスラーン・イブン・ナジャー・イブン・ファリド・アル＝カマルは、相手が日本政府だろうが、無謀《むぼう》な要求を平然とぶつけることができる立場の男なのだ。

そして、傲慢《ごうまん》が売りの俺様男は、絶対的なその立場を行使するのに、躊躇《ためら》いもしない。

「さあ、愛しき花嫁よ。私の肌の燃ゆるがごとき情熱を、たっぷり感じるがいい」

アラブの王様に愛される一介の日本人――まるで、官能小説の煽り文句のような関係に陥《おちい》ったのは、一カ月ほど前のこと。

日本でも業界最大手の『東王出版《とうおう》』に勤めながら覆面《ふくめん》作家を気どる志摩が、次回作のミステリー小説の取材のために、バハール首長国を訪れたときだった。

治安のいい国だと聞かされていた。その時点ではまだ王子《アミール》だったアスラーンにも、バハールの駐日大使から、歓待するようにとの旨が伝えられていたはずだった。

なのに、軽い気持ちで出かけたお初のアラブ旅行には、怒濤《どとう》の展開が待っていた。

普段は完璧な皇太子のアミール・アスラーンが、その直前の離婚のショックで暴走し、砂漠を駆ける盗賊と化して、とんでもない暴挙におよんだのだ。

本来なら歓待すべき客であるはずの志摩を、砂漠の宮殿へとさらって、アラブの情熱を味わえとばかりに陵辱《りょうじょく》し尽くしたのだ。

ときに傲慢な支配者となって、ときに優しい恋人となって、志摩の身体に自らの形を刻み込んだ。匂いも、肌触りも、そして恋情も。

細胞の隅々にまでも染み込むほどに、アスラーンという男のすべてを。

——私が愛しているのは、おまえだけだ。

甘やかな誓いとともに。

——我が永遠の恋人よ。

幾度も、幾度も、繰り返し。

まるで、そこに真実があるかのように。

何より困るのは、アスラーンは互いの想いを、決して疑わないのだ。

どれほど志摩が恋愛感情を否定しても、こんな関係は違うと訴えても、聞く耳を持たない。

どういう思考回路の持ち主なのか、未だに志摩には理解できないのだが、すっかりふたりはラブラブの恋人同士だと決めつけている。

で、いまの状況に至るわけだ。

即位してまだ数日。国を最優先に考えねばならない立場の男が『東王出版』の編集部に現れたときには、幻覚かと思った。

本来なら祝いの儀式が続いている最中にもかかわらず、そのあいまを縫って、精力的に諸外国への挨拶《あいさつ》回りをしているとのこと。だが、そのついでにちょっと足を伸ばすには、ジェット機で直行しても十一時間あまりもかかる日本は、決して近くなく。

しかし、獅子王の情熱の前には、距離も時間もなきに等しい。

目的は、遠く離れた恋人への堂々の遠恋宣言で、あげく、ちゃっかりお持ち帰りされてしまったあたりでもまだ、冗談だろう、と志摩も半信半疑だったのだが、しばしの別離はアスラーンの熱を冷ますどころか、さらに増幅させただけのようだ。

虜囚《りょしゅう》の日々をすごした離宮、天上の宮殿《ジャンナ・アル・カスル》のアラベスク紋様も美しい浴室で、アスラーンの逞《たくま》しい腕に抱かれながら入浴をしているいまとなっては、もう本気と信じるしかない。

湯気に満ちた、巨大な空間も。

ぽたんぽたん、と額に落ちてくる水滴も。

志摩の肌に、口づけの雨を降らせ続ける男の、唇の感触も。

何もかも、ありえないほどに不可思議な、でも、まごうことなき事実なのだ。

アラブ式は蒸し風呂が多いと聞いていたが、二千年以上の歴史を持ち、地中海文化の影響を強く受けたバハールの風呂は古代ローマ風で、日本人としては湯に浸かれるのはありがたい。

ふたりで入るにはもったいなさすぎる巨大な円形の浴槽は、お決まりの獅子の像の口から流れ落ちる湯に、満たされている。

顔を仰《の》け反《ぞ》らせれば、こちらに来てから何度もお目にかかった、鍾乳石飾《ムカルナス》りのドーム天井の偉容が目に入る。

蜂の巣天井《ハニカム・ヴォールト》とも称されるそれは、長い年月をかけて自然が作り出した自由で多彩な造形に似てはいるが、その実、厳密な計算によって、層を成して繰り返しながらドームの中心へと収束していく、幾何学紋様の連なりなのだ。

周囲の壁のタイルにびっしりと描かれた、鳥獣や草花の組みあわせ紋様の精緻《せいち》さや、寄木細工を思わせる床も、何度見ても息が止まるほどの感動を呼びおこす。

創作にたずさわる者なら、何も感じないはずはない。

延々と広がる砂漠の黄土色に対抗するかのように、多彩な色と形を、重ね、連ね、満たしていくことで、鮮烈に開花したこの文明がいまに残した、美の極致《きょくち》。

（ああ、くらくらする……）

そこに座《ざ》するにあまりにふさわしすぎる獅子王アスラーンの、さらに威厳を増した存在感に、ただ圧倒される。

「今回は就任の挨拶回りという体裁がとれたが、そう頻繁《ひんぱん》に訪日するわけにもいかぬ。しばらくはおまえに来てもらわねばならぬが、仕事には支障がないようにとりはからっておいた。安心して有休を使うがいい」

日本とバハール首長国との遠恋なのだから、せめて月に二回は志摩が有休をとって、自家用《プライベート》ジェットで通ってくる、というのがアスラーンが出した条件だ。

「安心できるかってー。こっちは休みなしの仕事なんだよ。編集を嘗《な》めるなよ」

「おお、積極的だな。誉めていいのなら、いくらでも」

うきうきと舌を寄せてくるアスラーンのご尊顔《そんがん》を、志摩はぐいぐいと両手で押しのける。

「誉めるの意味が、違うぅー！」

「そうか、指のほうがいいのか」

顔に押し当てた指のあいだを、ねろりと誉められて、あまりのくすぐったさに慌てて両手を引きながらも、志摩は文句をぶつけ続ける。

「遠恋とかって、勝手に決めるんじゃねーよ。二週間おきに自家用《プライベート》ジェットの迎えを出すとか、そのときに合わせて有休をとれとか、あんた、むちゃくちゃすぎるんだよ！」

「何、体力には自信がある。やればできる」

言葉どおり、アスラーンはジェット機の中でも、不休で仕事をしていた。

すさまじいスピードで、積み上げられていた書類に目を通し、サインをするまで、小一時間。

さあ、あとは自由時間だ、と志摩に乗りかかってきて、結局フライトのあいだ中、やられ放題だった。

途中、感極まって悶絶《もんぜつ》失神して以降は、さすがに寝かせてはくれたが、それも三時間ほど。

おかげで志摩は、時差ぼけどころか、とてつもなく睡眠不足状態だった。

もっとも編集という仕事上、締め切り前ともなればカンヅメ作家にへばりついての徹夜は日常茶飯事で、眠気はなんとか我慢できる。

問題は、どうやっても志摩を放してくれないアスラーンの、鬱陶しすぎる愛撫だった。

文字どおり、肌が触れていない瞬間がない。

手を繋ぐだけでも、唇を合わせるだけでも、ほんのささやかな接触だけでもかまわないとばかりに、どこかが触れているという状況が、志摩的にはうんざりなのだ。

こんな甘ったるい関係は、自分には似合わない。

志摩の恋愛観は、気持ちよくセックスして、後腐れなく別れるだ。

互いが唯一の存在のような、一生を誓うかのような、そんな濃厚さは望みじゃない。

それも、相手が一国のスルターンとなれば、もう自分の力量を超えている。

「……けど、そんな頻繁に王様が国を留守にしたり、仕事をさぼったりしちゃだめだろう。それ以前に、やっぱり恋人が男って普通じゃないし」

「心配するな。私はスルターン——我こそが法。逆らう者は容赦せぬ」

皇太子だったころでさえ、じゅうぶん他者を圧する力を持っていた男が、宗教的指導者である長老会議《バルラマーン》の意向と、近衛師団の協力を得て、前王であり実の父でもあったスルターン・ナジャーを退位させ、自ら王座に就《つ》いた。

「より大きな義務は負った。だが、権利は手放さぬ。——愛こそ、人間に与えられた権利だ」

国と民のためを考えての強制的な代替わりだったが、スルターンとなったいま、アスラーンに異を唱《とな》える者は誰もいない。

「おまえを選んだ――それが私の愛の形だ。遠慮なく受けとるがよい」

「……って……」

こんな場所で、素っ裸で、何をカッコつけているのか。

(風呂入ってるときの男ほど、マヌケなもんはないはずだろ)

銭湯で、富士山の絵を背景に、鼻歌交じりに手拭いを頭に載せている爺さんがもっともましだと思えるほどに、入浴中の脱力しきった男の裸はさまにならないものだ。

志摩自身も、決してスタイリッシュにはなれないという意味で、公共浴場は好きではない。

(なのにこいつは、民族衣装を着てようが、脱いでようが、なんでこんなに……)

さまになるのか、と志摩は男の矜持《きょうじ》をくじかれた気分で、歯噛みする。

陽に焼けた赤銅色の肌に降り落ちる、ゆるく波打つ豊かな黒髪。

一九〇センチは優にある長身の、極限まで鍛《きた》え抜かれた肉体美。

その胸のうちにドクドクと脈動する情熱の、スルターンとなってもなお、その地位に傲《おご》ることなく、甘んじることなく、さらに信念を深めた金色の瞳の苛烈《かれつ》な色に、魅入《みい》られるしかない。

(ちくしょう……! なんでそんな無駄なく引き締まってんだ……)

厚い胸板も、二の腕の筋肉も、割れた腹筋も――もっと視線を落とせば、否応なしに目に入る黒い茂りの中に揺れる一物《いちもつ》もまた、決して美しいものではないはずなのに、あまりにご立派すぎて、けなす言葉が思いつかない。

(その上、きっちり勃ってやがるし)

堂々と屹立して、興奮状態を露《あら》わにしているものの存在感がすさまじすぎて、湯の中を覗《のぞ》き込むのさえうんざりする志摩なのだ。

「俺、遠慮できるもんなら、遠慮したいんだけど……」

「ほう……」

にやり、と意味深に笑みながら、アスラーンはただでさえ接近している身体を、さらに密着させて、志摩の耳朶《じだ》にささやきを落とす。

「坊主憎けりゃ袈裟《けさ》まで憎い、とかいうが、おまえがつれないと日本嫌いになりそうだ。いっそ日本への石油の輸出をやめるか」

「だから、国を人質にとるな！　っていうか、こっちには袈裟を着た坊主はいないだろう」

「ははは――、これは一本とられたな」

アスラーンは軽やかに笑いながら、両手で志摩の腰を支える。

「だが、とられたぶんは返すのが、こちらの流儀。ということで、極上の一本を返してやろう」

不穏な動きを湯の中に感じたとたん、両脚を抱え上げられて、ふわりと湯の中に尻が浮かび上がる。無防備になった双丘のあわいに、堅いものがひたりと押し当てられる感触に、肌がゾッと粟立《あわだ》った。

しまった！　と自分のうかつさを呪う志摩だが、すでに遅い。

「ちょ、ちょっと待て、まだ準備が……！」

「私は百パーセント充塡《じゅうてん》完了。恋人の肌に触れたいま、溢《あふ》れんばかりの情熱が伝わろう」

見事すぎる一物の張りきった先端は、容赦なく内壁を押し開いて、迫り上がってくる。

「ぎゃ、っ……!?」

覚悟していてさえ、圧迫感ははんぱではないのに、それをいきなり捻《ね》じ込まれたのだ。突発的にみっともない声が飛び出すのは、もうしょうがない。

「……っ、うう！　バ、バカ、いきなり……く、ああっ――……！」

「なんの。抵抗なく呑み込んだぞ。ジェットの中でもたっぷり可愛がってやったから、いい感じにやわらいでいる。――そら、もうひくひくしながら絡みついてきた」

ねろり、と舌先で志摩の唇をなぞる男が、楽しげに言う。

それに不満を返してやれないのは、一瞬の衝撃のあと、熟《う》れて敏感になった粘膜が情けないほどあっけなく、昂《たか》ぶりきった熱塊の虜《とりこ》になったからだ。

（ち、ちくしょう……！　こいつ、なんでこんなに、いいんだよっ……）

最初に、強姦まがいに抱かれたときの苦痛は、生なかではなかった。

だが、それだけとは言いきれないのが、志摩的にはいちばんの問題だった。

どちらも同性とは初体験だったにもかかわらず、最後には理性のかけらすら粉々になるほどの快感にまみれて悶絶してしまったのだ。

ヤバイな、と意識の奥で感じていたのに、囚われの身ではあらがう術もなく、抱かれ続けていた日々が、こんなにも志摩の身体を淫乱にしてしまった。

いまも、湯よりもさらに発熱した楔《くさび》で最深部を穿《うが》たれるのが、よくてよくてたまらない。

粘膜の摩擦が、どうしてこんなに疼《うず》くような官能を生み出すのか——前立腺がどうとかの、理屈なんか関係ない。

たぶん、アスラーンという男の存在自体が志摩を感じさせるのだと、それくらいのことはもうわかっている。

そこに、愛という名をつけて押しつけてくる男に、ふざけんじゃない！　と頑迷《がんめい》に逆らっているのは、もう意地のようなものだ。

「いいぞ、志摩……おまえのここは、本当によく締まる……！」

ざばざば、と飛沫を弾かせて腰を振るう男の逞しい筋肉の動きを感じながら、夢中で四肢を絡めてとりすがっていく自分のみっともないさまなど、想像したくもない。

「やめ……、ああっ！　す、すごっ……」

それでも勝手に漏れる喘ぎは、こらえようもない。

妙に媚びた響きを含んで、淫らに散っていくそれは、もう単なるおねだりだ。

「く……ふぅっ！　そ、そんな奥、……ッ……ああっ……！」

「おまえのいい場所は、ずいぶん奥にある。私に慣らされたのか、もともとそうなのか、どちら

にしろ、私以外にこんな深い場所を突いてくる男は、そうはいないぞ。そら、こうして……」

言いつつ、ずんずんと最深部を遠慮なく抉《えぐ》られて、志摩はもう身も世もなく泣きわめく。

「ひぅっ！　そんっ、いっ……あうっ……！」

「そうか、いいのか？　ふふ……可愛いやつめ」

本当は『いやだ』と言うところが、途中で切れたのをいいことに、自分の勝手に解釈するのは、この男の特技だ。

（そんなに執着するほどの相手じゃないだろ、俺なんか……）

ちょっと顔がよくて、器用で小利口で、できる男を演じているが、内面には、日本人にありがちな姑息《こそく》さも陰湿さも、それなりに持ちあわせている、三十男なのだ。

凡人の中ではトップクラスと自負していても、誰からも認められるほどの天賦《てんぶ》の才があるわけではない。

有能な編集者の外面を保ちながら、その裏にある、ミステリー読者ならあっとびっくりの別の顔はひた隠しにして、ざまあみろ、と心で舌を出し、自己満足に浸ることでなんとか見栄っ張りの部分に折りあいをつけて、無難《ぶなん》に生きていこうと思っていた。

世間から評価されたい願望満々なほどに、自信家で。

すべてをひけらかす気にはなれないほどに、臆病な。

自分を侮《あなど》ってはいないが、過大評価もしていない、その程度の冷静さは持っているが、結局のところ、小者にすぎないのに。

（産油国のスルターンを夢中にさせるって、それほどの魅力はないぜ、マジで……）

それがなぜ、こんなに熱い愛を、受ける羽目になってしまったのか。

――原因となったのは、まだ皇太子だったころのアスラーン。

やがて国を背負う、その責務を志摩は知らない。知りようがない。

どれほどの重みか、凡俗《ぼんぞく》の徒には想像もできない――それを、日々押しつけられる。

皇太子なら当然のことだ、との周囲からの信頼と期待で、毎日、毎日、重くなっていくそれに、
アスラーンは三十五年の人生で、三回だけあらがった。

国を背負わされるのなら相応の対価をもらおう、と反抗したのだ。

最初は、あこがれの英国人家庭教師が結婚したとき。

二度目は、皇太子として政略結婚を決められたとき。

三度目が、志摩を拉致する結果になった、離婚騒動。

それは常に、愛情が絡んだときだ。

確かに、周囲の思惑は勝手すぎるが、そのせいでアスラーンに犯される羽目になった志摩としては、いい迷惑だ。

その上、何が気に入ったのか、アスラーンは本気で志摩に入れ込んでしまった。

（もともと普通に女好きなのに、どうして俺かなぁ？）

とはいえ、最初はどんな理由だったにしろ、アスラーンの気持ちが、いまはちゃんと志摩に向かっていることもわかっている。

口では邪険にしても、志摩自身もアスラーンを憎からず想っているのも、認めてもいい。

(……けど、やっぱりこの関係は、色々と問題がありすぎ)

いちばんの問題は、志摩が花嫁あつかいされていることだろう。

なぜか知らないが、アスラーンにとって志摩は、恋人であり、花嫁であり、新妻なのだ。

だから、いちいち愛撫のしかたが変だ。

「そこ、いやだ……って……!」

女とは決定的に違う、志摩の薄い胸に唾液に濡れた唇を寄せて、アスラーンは乳首を愛しげに口に含む。卑猥《ひわい》な形に立ち上がったそれが、肉厚の唇に呑み込まれていくのを、志摩は困惑の中で見つめている。

「く……、あうぅ……」

小さくても敏感な突起は、ぬめった感触に包まれ、吸われ、嘗められ、舌先で転がされ、そのあいまに思い出したように甘噛みされたりして、さらに身を堅くしていく。

「……っ、うう……!　そ、それは、やめろって……」

くすぐったすぎる刺激を受けて、甘ったるい吐息が鼻から抜けていく。

「では、どうしたらいいのかな?　こんなにいやらしく色づいている粒を」

たっぷりの唾液に濡れ光ったそこは、アスラーンの言葉どおり薄紅色に染まっていて、志摩を羞恥の淵《ふち》に追い落としていく。

深い、深い、そこの場所で、意識すらも混濁《こんだく》していく。

「いいのだろう、ここを嘗められるのが。目がとろんとしているぞ」

「か、勘違いするな。眠いだけだ……。あんた、無茶しすぎ……、ん、んっ……」

「寝てもかまわんぞ。だが、気をつけないと溺《おぼ》れるぞ」

アスラーンはそう言って、ヌチュヌチュと粘膜を押し開き、熱い肉茎を突き上げて、引き抜く行為を繰り返している。

「――って、そ、そのデカイの挿《い》れて、寝られると思うかっ……んあっ……！」

「ふ……。ジェット機の中で失神したときには、私はまだ挿れっぱなしだったぞ。おまえのほうがさきに昇天してしまったのでな。意識を失ったところで、たっぷり中に放ってやったが、おまえは起きる気配すらなかったぞ」

「あ、あんた……、さ、最低っ……！」

「おまえの寝顔を見ながら、自慰ですませるほど純情ではないのでな。――だが、後始末はちゃんとしてやったぞ。放ったものを掻き出して、身体を拭いてやって、スルターン自らあれこれと世話してやったのに、礼すら言わずに爆睡しておったな」

「礼……礼っ、なんで俺がっ……あっ？　いっ、ああっ……！」

あんたに礼なんて言わなきゃならないんだ、と続けるはずの言葉は、喘ぎに紛れて消える。

「だが、まあ、心ではちゃんと私に感謝しているな。こんなふうに愛されたのは、初めてだと」

「だ、誰もそんなこと、言ってねえっ……！」

親日家のアスラーンは、巧みに日本語を操るが、実際の会話となると、呆《あき》れるほど話が嚙みあわない。出会いの最初から繰り返されてきた不毛なすれ違いは、いまも健在。

自分の望みどおりに翻訳される、都合のいい機能がついているらしい。

「あ、あんたの日本語、変すぎっ……誤変換されまくり……あっ、ああっ……！」

「どこが変だ？　真実はひとつだ。おまえの身体がちゃんと感じている。そら、ここも……」

抽送《ちゅうそう》はそのままに、アスラーンは再び色づいた乳首をねぶる。さんざん弄《いじ》られたそこは、舌先で嘗められただけで、ぴりぴりと刺激的な痺れに身を堅くしていく。

「はぁっ……そこ、やぁぁ……」

「こんなに尖らせて、何がいやだ。たっぷり吸ってやるぞ」

「ふ、うっ……く、くすぐったい……」

ちゅうちゅう、と肉厚の唇が小さな粒を食《は》むさまは、どこか赤子が母親の乳を吸う仕草のようで、志摩は奇妙な感覚に襲われる。

貪るように志摩を抱き潰すかと思えば、いきなり甘えたがりの駄々っ子になる——ひどく不安定なものを、逞しすぎる身体に同居させている男。

それこそが、アスラーン自身が選んだ、心を許した相手にしか見せない姿。

甘える獅子に見惚れながら、志摩は豊かな黒髪を指に絡めて引き寄せて、悪戯《いたずら》な唇の感触を味わい続ける。

どうせ内部は、放っておいても勝手に愉悦を貪るのだから、とろけきった粘膜が締めつけるままに任せてしまう。

肉の摩擦がもたらすそれ――今日はたっぷりの湯が潤滑剤の代わりになってくれるから、抜き差しの行為には不要な引っかかりはいっさいなく、ついでに最初からやわらいでいたから、交合部に満ちるのは快感ばかりだ。

「やはり湯の中だと、よくほぐれる。胸を吸うたびに、中がきゅっとうねっているぞ」

「バカ！　い、言うな……、このエロ男っ……！」

拗《す》ねて、照れて、悪口雑言《あっこうぞうごん》を並べようとも、声音はとろけていくばかり。

湯に浸かった肌ばかりか、頭までがふやけていって、やがて理性もぐずぐずになってくる。

アスラーンもまた、卑猥な睦言を散らす色情魔神に成り下がり、志摩を辱《はずかし》めるのだ。

「ふふ……。見ろ。もう根元まですっかり呑み込んでいるぞ」

「くっ、んんっ……！　う、うそだっ……」

「うそなものか、そら……」

くいくい、とアスラーンが腰を軽く前後させただけで、志摩の最奥《さいおう》に刺激が満ちる。

（うそ……？　あ、あんなところまで、とどいてる……）

掻き回されれば、臍《へそ》のあたりまでじんじんと響く。

アスラーンの一物の大きさにもいちいち驚かされるが、それを軽々と呑み込んでしまう自分の身体には、さらに驚きを隠せない。

抱かれるたびに、より深く、より確かに、アスラーンの形を覚え込まされていく。

「くく……。いっぱいだ。私の大きなものがすべて隠れてしまったぞ」

こんなことをしていたら、本当にいつか、この男以外に感じなくなってしまうだろうほどに、その存在感は強烈すぎる。

「ち、違う……！　あ、あんたのが、意外と小さいんだ……！」

ふと、恐怖すら覚えて、ムキになってありえない逃げ口上を言ってしまったのが悪かった。

アスラーンにとって、自慢の一物への侮蔑《ぶべつ》は、もちろんお仕置きものの罪だ。

「そうか。これは気に食わぬか……？」

男の口の端に浮かんだ不敵な笑みに、ヤバイと感じたのは一瞬。

「では、抜いてやろう」

たっぷりと最奥まで到達していたものが、いきなりずるりと抜かれていく感触に、志摩は突発的な悲鳴をあげた。

「……ヒッ……いいっ……!?」

太すぎる幹はみっちりと肉の隘路《あいろ》を満たし、絡みついていた内壁ごと引いていく。

「ひっ、やぁぁ――……！　そっ……う、わぁぁ……」

雄芯《おしん》に巻きついたまま、入り口からはみ出した粘膜が、直に湯にさらされる感触に、志摩は喉を仰け反らせて、大きく喘ぐ。

「ふ、ひぃっ……！　やっ、やだぁっ……、なんで、抜くっ……」

「なんで、と言われても、おまえがいやがったのだぞ」

だが、それこそよけいなお世話だ。さんざん太いもので満たしておいて、入り口まで引かれてしまっては、もう感じる部分は、後孔の柔肌しかない。

敏感なそこをぐりぐりと広げられる刺激も、すさまじく肌を戦慄《わなな》かせはするが、もう中で感じてしまった以上、すっかり寂しくなってしまった最深部の心許なさは、はんぱではない。

「は、ああっ……な、中を、中を……もっとっ……」

「ん？　なんだって？　聞こえなかったぞ」

聞こえないはずもないし、志摩の望みを知らないはずもないのに、こんなときのアスラーンはかならず意地悪く問い直す。

もっと求めろと。志摩の言葉で、志摩の口から、スルターンを求めよ、と。

「ふうっ……、も、もっと抉って……！　中、いっぱい……、あっ、あっ……」

「そうか、これが欲しいのか？」

「ほ、欲しい……おっきいの……うんと、奥っ……！」

こくこく、と夢中でうなずくと、ようやくとばかりにアスラーンは、ゆるい抽送を再開する。何度か出入りしながら、しだいに深くまで入ってくるそれを、志摩は自ら両脚を広げて迎え入れる。

「ふうっ、ああ……！　い、いいっ……ふ、深いっ……はぁぁ……」

がくがくと首を揺らすあいだにも、愉悦を連れて迫り上がってくるものを、内壁が搾《しぼ》る。

「どうだ？　これでは？」

「は、ううっ……！　ああ……ふ、太いの……いっぱい……、くふうぅ……！」

「気持ちよさそうな声を出すな。私まで止まらなくなる……！」

呻《うな》るなりアスラーンは、ずんずんと激しい律動で、最奥を抉りはじめる。

「ふ……、そんなに締めつけるなっ……！」

荒い息遣いに濡れたアスラーンの声が、余裕のなさを伝えてくる。

こんなにも、自分に夢中になっている。

逞しさの権化《ごんげ》のような男が、産油国のスルターンが――そう思えば、羞恥も愉悦に変わる。

「そっ……！　あっ、深っ……！　くっ、ううっ……、も、もっとぉ――……！」

えもいわれぬ官能に、溺れて、浸って、沈みゆくその果てに、恍惚《こうこつ》の楽園がある。

鼓動が高鳴っていくのは、激しすぎる行為のせいなのか、胸に広がる優越感のせいなのか、それすらわからなくなってくる。わかるのはただ、ふたり同時に駆け上がっていく絶頂の場所で、いやになるほど苛烈で甘い、解放感を味わうことだけ。

「……ッ……、出すぞっ……！」

耳元で掠れ声が響いたとたん、ぬるまった体液が肉の隘路に広がっていく――放出時の微妙な痙攣《けいれん》を受け止めて、志摩もまた自らの精を放っていた。

「……や、やあっ……、く、あぁ……」

湯に浸かっていたぶんだけ、中出しされたことに気づくのが遅かったが、それでもアスラーンの情熱のほとばしりを感じないほど、鈍くはない――鈍くはない、と思うほどに、アスラーンをわかっているのだという意地のようなものが、志摩の内部に目覚めつつある。

うざいと邪険にしながら、その反面、わかっているのは自分だけだと、自惚《うぬぼ》れる。

相反する感情が、志摩を混乱させる。

（なんで、俺……こんなに……）

感じているのか？　戸惑っているのか？

だが、刹那《せつな》の懊悩《おうのう》は、身体の奥底から湧き上がる快感のうねりに呑み込まれていく。

鈴口から吹き出す精が湯を汚していくのもかまわず、志摩は大きく背中を仰け反らせ、背徳めいた放埒《ほうらつ》の瞬間を味わう。

やがて、興奮と湯の熱気にあてられて、がくりと身体を弛緩《しかん》させる。

両手を浴槽の縁にかけて、ぜいぜいと胸を喘がせれば、アスラーンもまた志摩に伸しかかって、満足の吐息を漏らす。

あまりに無防備で、あけすけな、その姿。

いったいどれだけの人間が、アスラーンのこんな姿を見たことがあるだろうか。

そのひとりになってしまったことが、幸運だったのか、不運だったのか——志摩的には最悪の籤引《くじび》きだった気はするのだが、その答えもいつかは見つかるのだろうか？

志摩の情が——そんなものを本当に彼が持っていればの話だが——いつかアスラーンに向かう日がくるのだろうか？

色鮮やかな紋様のモザイクタイルに覆われた宮殿で、これから何度となく繰り返されるだろう密事の中で、アスラーンが連呼する『愛』以上に深いものが生まれるのだろうか？

いまはまだ、抱きあっているふたりにすらわからない不思議を内包させた、それは千夜一夜の物語。

沈みかけた太陽が西の空をオレンジ色に染める中、椰子《やし》の木陰に張られた天幕には、夕餉《ゆうげ》の支度が整えられていた。

エキゾチックなムード満点だが、屋外とあって、厳しい視線のセキュリティポリス《SP》が影のごとくにそこかしこにひそんで、見張っている。

宵《よい》に向かうこの時間、砂漠はゆるやかに冷えていく。軽く三〇度以上はあった昼から、夜は零度近くにまで気温が下がる——ここは、一日の中に夏と冬とが混在する場所なのだ。

すでに肌寒いほどなのだが、湯中《ゆあた》り寸前の志摩にとっては、それくらいがちょうどいい。

乾いた風が頬に吹き寄せる心地よさの中で、久々のバハール料理を楽しむ。

小鯵《こあじ》や鶏の唐揚げ、そして野菜料理の皿が並んでいる。茄子、トマト、じゃが芋、そして豆類が豊富で、意外とヘルシーだ。それらを丸くて平べったいホブスというパンに、挟んで食べる。

鼻孔をくすぐるスパイスの香りが、否応なしに食欲を誘う。

アスラーンもまた、被り布《クフィーヤ》もない気楽な衣装で絨毯《じゅうたん》の上に寝そべって、果物を盛った銀の器からとった黄色い瓜《うり》を、ナイフで切りながら口に運んでいる。

目の前には、砂丘に沈んでいく、壮大な夕陽。

振り返れば、目に入るのは、青いドーム屋根。

天上の宮殿《ジャンナ・アル・カスル》とは、よく名づけたものだ。

ふと、初めてこの宮殿を見たときのことを思い出す。

背中に、盗賊団の首領を演じるアスラーンの逞しい鼓動を感じながら、馬上から見た景色はいまも網膜に焼きついている。

砂漠を命懸けで渡ってきたさきに、命の息吹に満ちたオアシスを見つけただけでも、感動で心は震えるのに。そこに建つ、色鮮やかな宮殿。

強烈な陽光を浴びて、椰子の緑は濃厚な陰影を刻み、湖面は眩《まぶ》しく輝き、白い漆喰《しっくい》の外壁は銀沙と同化し、青いドーム屋根だけがぽっかりと宙に浮かんで見える。

まさに空中庭園のごとき、その異観。

志摩がアスラーンの悪戯につきあわされて、この宮殿の虜囚になっていたのは二十日あまり。いま思い返せば、さほど長い期間ではなかった。

虜囚ごっこの中にあってさえ、アスラーンはアミールとしての義務を放り出してまで遊びにのめり込むほど、無自覚でも暇でもなかった。

彼の中にはちゃんと公私の線引きがあって、それを忘れたことはない。

むしろ夢幻をたゆたっていたのは志摩のほうで、実は、身体を重ねた回数もさほど多くはなかったのだが。

なのに、毎晩のように抱かれていた錯覚に陥るほど、濃密な時間だった。

昼は砂漠の陽に灼かれ、夜は乾いた冷気にさらされ、ぎりぎりまで鍛えられた男の中に、肉体以上に強固な精神があった。

唯我独尊《ゆいがどくそん》という言葉は、この男のためにあるんじゃないかと思うほど、強烈な自我。

目が眩《くら》むほどの個性——ほんの数回身体を重ねただけで、アスラーンは自分という男を、志摩に刻み込んだ。

圧倒されるほどの、存在感。

決して揺るがない、自意識。

そばにいるだけで押し潰されそうになるほど鮮烈すぎて、快感よりもアスラーン自身に酔っていた気がする。

そしていまもまだ、酔い続けている。

だが、相手は生まれながらの獅子王——戯《たわむ》れの中でも、自分の立場を忘れない男。

この関係が続いていること自体がなんだか夢のようで、触れる肌がどんなに熱を帯びようとも、どこかふわふわと心許なさが抜けきれない。

ここにいていいのかと。

ここが自分の場所なのかと。

「——ここって、皇太子のための離宮だったよな」

ふと、そんなことを思い出す。

それを教えてくれたのは、第四王子のサイードだった。

あの虜囚ごっこの終わりは、近衛師団の決起によるスルターン・ナジャーの監禁という前代未聞の大事件だった。

専制君主への近衛兵の反逆——一歩間違えればクーデターになりかねない状況の中で、皇太子の責務を帯びて、王宮へと向かうアスラーンが再び志摩のもとへ戻ってくることはないだろうと、漠然《ばくぜん》とだが思っていた。

そして、予想どおり、迎えに来てくれたのは駐日大使のアミール・サイードだった。

スルターン・ナジャーの退位と、アスラーンの即位——王位継承は無事になされたと聞かされたときには、心底から安堵《あんど》し、祝福したものだ。

最後に、サイードが差し出してきた慰謝料の小切手を、志摩はびりびりに引き裂いた。

——三文芝居はおしまい。すべての幕は下りた。

なのに、終わったはずの関係は、アスラーンの意志でこうして続いている。

「新しい皇太子のために引き払うって、聞いてたけど。——後宮の女性たちもいなくなってるし、使用人の顔ぶれも変わってるし、あんたが使ってもいいもんなの？」

「まだ次代の皇太子が決まっていないのでな。主のいない宮殿で、新たな使用人たちも暇そうなので、少し仕事に慣れさせようと思っている。——何より、ここならおまえも、さほど周囲の目を気にせずにすむだろう」

「まあ、街中にデーンと建ってる王宮よりはいいかも。騒がれるのはいやだし。——ってかさ、俺って、こっちではどういう認識されてんの？」

「サイードが駐日大使をしているから、親族には、その関係で知りあった友人だと言ってある。ただ、私のＳＰや使用人たちには、どんな関係かはバレているから、そっちから情報をつかんでいる者も多かろう。——特に後宮を彩《いろど》っていた女たちは、それほど口は堅くないし。それ以前に、べつに口止めもしてないからな」

「いいのか？　親族にバレちゃって」

「それほど心配することもない。おまえが男なのがかえってよかった。おまえが恋人であれば、私に近づく女を牽制《けんせい》する必要がない。そのぶん、皇太子問題に集中できるからな」

「ああ……」

曖昧《あいまい》にうなずく志摩にも、その理由はなんとなくわかる。

恋人が男ならば、うっかり妊娠する可能性が皆無だからだ。

新たな王妃《マリカ》の地位を狙っている者たちにとって、志摩は恐るるに足らない存在なのだ。

「けど……再婚しなくていいのか？　あんたの王子が継ぐってのが、筋だろう」

「それは問題外だ。おまえとの関係をどうこういう以前に、私は、ネシャートを唯一の妻と決めている。離婚したいまも、その気持ちは変わらぬ」

「そっか……」

呟いて志摩は、一度だけ会ったことのある、アスラーンの元妻の姿を思い浮かべる。

ネシャート・ビント・アリー・アッ＝ディーン。

政略結婚ではあったが、三人の娘をもうけ、アスラーンとともに幸せな家庭を築いていたのに、周囲から、早く王子を！　と責められて、心を弱くしていった優しい人。

その重荷に耐えきれず、離婚を願ったネシャートは、王妃《マリカ》の座を捨てることで、ようやく穏やかな微笑みをとり戻すことができた。

（もうちょっと頑張れば、男の子ができたのかもしれないけど……。彼女の細腰で、アスラーンの相手は、ちょっとキツイかも）

身長一八〇センチで、学生時代はテニスやスキーで鳴らした男の自分でさえ、二回りは逞しいアスラーンの激しさを受け止めるのは、やっとなのだ。

ネシャートの離婚の理由は、精神面だけでなく体力面にもあったのではと、ついつい低俗な想像をしてしまい、慌てて話題を戻す。

「――けど、皇太子って、いないといけないもんなの？」

「当然のことを訊《き》くな。皇太子がいなければ、私にもしものことがあった場合、後継者争いがおきるのは必定《ひつじょう》」

「あんた、長生きしそうだけど」

「それでも、こうしているいまも、大陸間弾道弾が砂漠の向こうから飛んできて、私が木《こ》っ端微塵《ぱみじん》に吹っ飛ぶ可能性だってなくはない」

「ないって、そんなの」

まだ三十五歳――これからが男盛りというのに、いやでも自分が死んだあとのことを考えなければならないのだ、一国の王となると。

「やっぱり王様ともなると、気苦労が絶えないんだ」

「ようやくわかったか。少しは慰めてやろうという気になったか？」

「ぜんぜんならない。それとこれとは別問題っていうか——そういう優しさを恋人に求めてるなら、俺は人選ミスだから」

「ふふ……」

「なんだよ？　何がおかしい？」

「いま、恋人と認めたな」

「認めてねーって！」

こういう無意味な会話が、なんだか本当に恋人同士の痴話喧嘩《ちわげんか》のようで、何やらひどく面映《おもは》ゆい気分になってくる。

「——で、皇太子って、弟たちの中から選ぶとか言ってたよな」

「そのつもりだ」

「七、八人いるんだっけ？」

「八人だ。父上は四回結婚したが、私の母とは政略結婚だった。そもそも男子を産んだら離婚するという約束だったようだ。無事に義務は果たして、いまは再婚している」

アスラーンの母、マリカ・ファーティマは、隣国の王家の姫だという。

両国総意の上の政略結婚——そのぶん徹底した契約で、マリカ・ファーティマは、男子出産と引き替えに自由を手に入れ、莫大な婚資金《マフル》とともに国に凱旋《がいせん》していったというから、すごい。

「そして、二度目の妻マリカ・ザフラーの息子が、次男のナーゼルと三男のラヒムだ」

「ナーゼルとラヒム……？　聞いたことないな。まだ俺、会ってないよな？」

「そのうち、いやでも会うことになるな」

「うん、まあ、会わないわけにいかないんだろうな。順当にいけば、第二王子のナーゼル殿下ってのが、皇太子になるんだろう？」

「そう。順当にいけばな」

「およよ……。なんか、含みがある言い方だな」

「ある」

アスラーンは強い瞳でうなずき、告げた。

「私はナーゼルが嫌いだ」

不要なことを削ぎとった、あまりに明確な一言を。

それは、誰にでも公平なはずのアスラーンには、およそ似合わぬ言葉だった。

「嫌いって……」

「あれは胡散《うさん》臭い」

「胡散臭いって……ど、どんなふうに？」

「どんなと、はっきりは言えぬ。——だが、あれは妙だ。おとなしい男と思われているが、私には隠しごとをしているように見える」

金色の双眸《そうぼう》が、夕陽を弾いていっそう強く煌《きら》めく。

不思議なことに、明確な理由がないのに結果だけを言いきるときのアスラーンの判断は、まず間違うことがない。

（こいつには、わかるんだよな……）

アル＝カマル一族には、月の力《カマル》、などという迷信めいた能力がある。

人の好悪の感情を匂いで嗅《か》ぎ分けるというそれは、ときおり純粋な子供の中に宿ってこの世に出現し、スルターンを外敵から守るのだという。

アスラーン自身は、その力はないと明言しているが、他人のことを決めつけるときの迷いもない様子を見ていると、なんらかの予感めいた力を持っているような気がする。

志摩がどれほどアスラーンを邪険にしても、笑い飛ばす余裕があるのも、言葉に表れない気持ちを見抜いているからなのかもしれないと。

だから、いつも自信満々で、決して怯むことがない。

ときには周囲が無謀と感じることでも、アスラーンはとことん自らの考えを貫こうとするし、結果的にそれは彼の正しさを証明するのだ。

だから、皇太子選びも、間違うはずはないと思うのだが。

「とにかく、ナーゼルはだめだ。――とはいえ、ラヒムのバカでは、別な意味で不安だ」

この決めつけが――微塵も疑いを持たぬ信念が、何やら不安を運んでくる。

胸がわけもなくざわざわとする。

（いいや！　バハール首長国の皇太子選びなんて、俺には無関係だ！）

アスラーンのお相手だけでも、もうじゅうぶんいっぱいいっぱいなのだ。

誰が皇太子になろうが知ったことじゃない、と意識もせずに、志摩は首を横に振る。

好きなように継承争いでもなんでもしてくれ。関わりあいになるのはごめんだ、と志摩は心底から思っていた。

なのに、はんぱに洞察力がありすぎるがゆえに、彼の不安は見事に的中することになるのだ。

もっとも不愉快な形で、志摩自身をいやというほど巻き込んで。

2

出版関係が軒《のき》を連ねる神保町《じんぼうちょう》の一角、全面ガラスカーテンウォールの『東王出版』ビルは、業界最大手の名に違《たが》わず、秋の陽の中で堂々とした輝きを放っている。

その五階フロアに、志摩が所属するミステリー書籍部門の編集部がある。

「は？　いま、なんて……？」

編集長のデスク脇に立ち、志摩は意外な提案を聞かされて、目をしばたたかせた。

「うん。上からのお達しでね。バハール首長国に、うちの翻訳本を出版できるかの市場調査をしろって。で、それをきみに頼みたいんだよね」

手数のかかるミステリー作家たちを何人も担当してきた編集長は、少々メタボ気味ではあるが徹夜明けでも元気満々、軽口を叩くように志摩に命じる。

「きみ、定期的に取材旅行に行くことになってるし。まあ、このさい一カ月ほどまとめて行ってきてくれってことだ」

「い、一カ月って……そんな無茶な！　俺、何人の作家を抱えてると思ってるんです？」

「だから、それは他の連中で手分けしてやるから。作家さんのほうには、もう連絡しちゃったし。いちばん難関の八神《やがみ》先生が、誰が担当代理になってもかまわない、って言ってくれたから」

「八神先生が……？」

「だから、志摩くん、安心して行ってきてくれ。アラブで日本のミステリー作品が出版できるなんて、ちょっと驚きじゃない」

「え？　いや、でも……」

「とにかく、上からの指示だから。上からのね」

この場合の上とは、たぶん、社長だとか役員だとかより上のお歴々だろう。

（……でもって、断れば、ガソリンの値段が高騰することになるんだろうな）

二週間に一度の遠恋だと言っていたのに——事実、遠恋宣言から二度もバハール首長国と日本を往復して、アスラーンが望むだけの逢瀬《おうせ》に応えてやったはずなのに。

（一カ月って、なんだよそれ！　契約違反じゃねーかっ！）

だが、どれほど心でわめこうが、志摩の訴えに耳を貸す者は、ここにはいないのだ。


「まあ、いいじゃないか、一カ月、遊んでくるつもりで、気楽に行ってくれれば」

そして、志摩の話を聞いてくれる唯一の男は、実に無責任だった。

「いっそ、次の小説を書き上げてきたらどうだ？　一カ月もあれば、一本書けるだろう」

編集長以上のお気楽さで言うのは、ミステリー作家の八神響《きょう》だ。

都会のオアシスが売り文句のラグジュアリーホテル『グランドオーシャンシップ東京』の一角に、一泊二百万ともいわれる、VIP専用のシークレットフロアがある。

外界の雑音から完璧に遮断されたそのフロアの一室で、自らカンヅメになり、八神は月に一作というペースの速筆で、ミリオンセラーを連発しているのだ。

「俺はあなたじゃないんで、月に一作なんて無理ですよ。――それに、俺の小説家の顔は、秘密なんだから、そんなに軽々しく口にしないでください」

志摩は編集の仕事の傍《かたわ》ら、密かに月嶋《つきしま》秀《しゅう》というペンネームで小説を書いているのだ。

まだデビュー一年のヒヨッコだし、発表した作品も二作だけ。

それも、一作目の『エンジェルラダー』は、八神にいただいたプロットをもとに、話題先行でそこそこ売れたという情けない作品だった。そして、実力を問われる二作目の『熱砂《ねっさ》の死角《しかく》』が、バハール首長国を舞台にした冒険ミステリーで、つい数日前に発売されたばかり。

砂漠の宮殿での実体験を活かして書き上げた作品は、やはり八神がボツにしたアイデアを使わせてもらいはしたが、読み返すたびに、よくこんな文章が書けたものだ、と自画自賛したくなるほどのできばえだった。

皮肉屋の八神でさえ、素直に賛辞を送ってくれた。初動も好調とのこと。ネット批評をあさってみても、処女作より評価は高く、少なくとも一発屋の汚名だけは返上できそうだ。

とはいえ、あの奇跡のような文章は、バハールでの怒濤の体験によって生み出されたもので、日本に戻ったとたん再び三流作家に戻ってしまったのか、いまの志摩の指は叩くキーのぶんだけ、駄文を垂れ流している。

もう二度と書けなくてもいいと思っていたが、でも、実際に書けないとなると、何やら悔しい気分になるから、人間というのは我《わ》が儘《まま》な生きものだ。

「一カ月あっちにいれば、またあんなものが書けますかね？」

まだ欲がある。まだ生み出したいと思っている。

「保証はできないが、可能性はある。一度はできたんだ。きみには、自分が思っている以上の才能があるのかもしれない」

「………」

これは運命の罠《わな》だ、と志摩は身震いと同時に、不吉な予感に襲われる。

そもそも、小説家としてステップアップしたいのなら情緒を磨《みが》くべき、とバハール首長国への取材旅行を勧めてくれたのは、八神だった。

もっとも尊敬し、あこがれ、嫉妬《しっと》し、かなわないとわかっていても目指さずにいられない作家からのアドバイス。

ありがたく受けとったあげく、たどった道はさんざんだった。

（いまさら恨み言なんか、言う気もないけど……）

結果的に、いまの生活は、以前よりずっと充実している。

編集の仕事も、創作の道も、セックスライフも——ついでに、認めたくないが、恋愛もだ。

だが、あのときの、泉が溢れるがごとく書くことに没頭した時間は、まだとり戻せない。

もう一度……もう一度、あの感覚を味わいたい。あの深みまで到達したい。

そうしたら、今度こそ、確かにこの手にすくえるかもしれない。

——創造の源泉の、一滴を。

物書きならば、誰もが喉から手が出るほどに望む、それを。

「……どのみち、編集長命令じゃ、断れませんけどね」

「だろうな。色々とやっかいなやつに引っかかったようだね。しかし、王族の自家用《プライベート》ジェットで直行ならば、就労ビザをとったりの面倒は省けるんじゃないか？」

「冗談でしょう？　俺はちゃんと普通の飛行機で、成田《なりた》からドバイ経由で入国します。一般客がいない自家用《プライベート》ジェットでの十一時間のフライトなんて、もう最悪！　先生も一度、アラブの王族にさらわれる経験をしてごらんなさい！」

「きみも肝《きも》の小さい男だな。あそこは観光立国でもあるんだ。外国人がさらわれるなんて事態は、そうそうおこらないよ。現にきみは無事に帰ってきたじゃないか」

「それ……マジで言ってますか？」

「だって、事実だし。ああ、今度もサイード殿下に手配を頼んだらどうだ？　何かと頼りになる方だから」

「本当にマジですか？　俺があんな大変なめにあったのは、あなたのアドバイスとサイード殿下の手配という、不運を呼ぶ連係プレイのおかげなんですけどね！」

「あははー、そうだっけ？」

無責任極まりない八神の笑い声を聞きながら、志摩は、何があろうと二度とサイード殿下は頼らないぞ、と心に決めるのだった。


八神の部屋を辞して、エレベーターホールへ向かっていた志摩は、視界のさきに黒い背広姿のSP軍団に囲まれた民族衣装の男を見つけて、ギョッと顔色を変える。

（ゲッ……!?　サ、サイード殿下だ！）

いまとなってはすっかり見慣れてしまった、長衣《トーブ》に被り布《クフィーヤ》をなびかせた男は、バハール首長国の第四王子、アミール・サイードだった。

八神に会ってきた直後とあっては、なんとも不吉な感のある駐日大使である。

このフロアの一角を、バハール首長国が大使館として使っているから、偶然出会うことがあっても不思議はない。

（ここでＶＩＰに挨拶しちゃいけないんだよな。知らんぷりでいいんだよな……？）

どんな有名人とすれ違おうと、廊下で声をかけてはいけないのが、このシークレットフロアでの不文律《ふぶんりつ》。

とはいえ、サイードは顔見知りである。日本に帰るときには、ずいぶん世話になった。

声をかけずに通りすぎては失礼にあたらないだろうか、と内心で冷や汗たらたらで自問しているあいだにも、サイードを囲んだＳＰたちが、サングラスの下から志摩を睨《にら》みつけながら通りすぎていく。

その中心にいるサイードはといえば、志摩に目もくれない。

そもそも、志摩とサイードが出会ったのは、王位交代劇のごたごたの最中だった。

近衛師団のクーデターともいえるあの政変は、外部にはいっさい漏れていない。

国民にすら知らされていない。すべては王宮の中で秘密裏に行われ、アスラーンは正当な手順を踏んで、王位を継いだことになっている。

志摩もしっかり口止めされたが、その相手がサイードだった。

あれはなかったこと。だから、志摩とサイードも知り合いではない——徹底してその態度を貫いている。

まだ二十二歳。堂々としたものだ。

一国のアミールだけあって、志摩の心配など杞憂《きゆう》でしかなかった。

去っていくクフィーヤの集団を、肩越しに振り返りながら、ホッと安堵の息をつく。

そのときだった……。

「あっ、志摩さん、こんにちは！」

廊下に響き渡る声で名を呼ばれて、志摩は驚きのあまり、転げそうになった。

「読みましたよ、志摩さん。月嶋秀の第二作！」

志摩の驚愕など知りもせず、明るさ全開で駆け寄ってくるのは、同業の編集者。

『コスモ書房』に勤める、相葉卓斗《あいばたくと》だ。

八神の部屋に向かう途中なのだろうが、上品な方々が集うシークレットフロアで、大声を出すのは禁物だってことくらいわからないのか、と言いたくなる。

とはいえ、自分の作品の話となれば、あまり強く文句も言えない。

「ああ……久しぶりだね、相葉くん。何、『熱砂の死角』、読んでくれたの？」

「もちろん、発売初日に買っちゃいました！」

「え？　言ってくれれば、見本、送ってやったのに」

「俺、本屋で新刊を買うのが好きなんですよ。あれ、めっちゃ面白かったです！」

卓斗は、志摩が月嶋秀として作品を書くときに、八神からボツになったプロットをもらっている事実を知っている、唯一の男だ。

そして、八神の恋人でもあるから、志摩に対する態度に遠慮はない。

「月嶋秀ってデビュー作が八神先生のとネタ被りしてて、妙な部分で騒がれちゃったけど、文体自体は可もなく不可もなくだし、そこそこ巧く作ってて優等生然としてるだけで、感心はするけど感動はしない。――そこが、何をしでかすかわからない、びっくり箱の八神作品との決定的な違いってゆーか、絶対に追いつけない部分だったじゃないですか」

「感心はするけど感動はしない、って……きみね……」

「はい？　事実ですよね」

社会人二年目のまだまだ新米編集のくせに、志摩にとってはズップリと胸を刺す言葉を、悪気もなく言ってくる。

（こいつ……俺が月嶋秀だと知ってて、よく言うよな）

常から覆面作家と言っているのは志摩のほうだし、一応ここも公《おおやけ》の場だから、秘密重視でとぼけているのだろうが、周囲に誰がいるわけでもないのに、わざとらしすぎる。

他人のアイデアで作品を書いている志摩の姿勢を許せないというのも、もっともだとは思うが、笑顔で痛い部分を突いてくるのには、閉口する。

「――で、今度のも、プロットだけなら抜群、とか思ってるわけ？」

「まさか。それなら面白いなんて言いませんよ。今度のは、マジで感動したから。主人公の感情がビシビシ伝わってきて、読んでて、こっちまで砂漠の熱さとか、乾いた風とか、夜の凍える寒さとか伝わってきて、ドキドキしちゃいました」

「へえ……？」

「それに、主人公と盗賊団のボスの掛けあいが、絶妙っていうか——日本人と、あちらの人との異文化交流みたいな？　ああいう、コミカルなやりとりの中で、ふたりの関係性が深まっていくみたいな感じ、前はありませんでしたよね」

「ああ……まあ、現地で色々と体験してきたから」

「それも、八神先生のアドバイスでしたね！」

「悪かったね。何もかも八神先生頼りでさ。けど、誰に言われなくても、取材はしようと思ってたんだよ。——それより、先生を待たせていいのか？　きみの場合、編集者以外の意味で、お待たせは御法度《ごはっと》だろう」

「あ、いけない！　じゃあ、これで……」

慌てて卓斗は、八神の部屋へと足を向ける。

数歩、行ったところで足を止め、何かを思い出したふうに振り返り、満面の笑みを見せる。

「志摩さん、次回作も楽しみにしてます！」

瞬間、とくん、と胸の中で何かが弾けた気がした。

七色のシャボン玉が弾ける瞬間の、儚《はかな》いまでの美しさを見たような。

相葉卓斗は、読書大好き少年が、そのまま編集になったみたいな青年だ。

弱小ではあるが通好みの『コスモ書房』に就職して、ルックスが可愛いというだけの理由で、美意識優先の八神の担当になった。

そこまでは運もあるが、いつの間にか恋人の座を手に入れてしまったのは、驚くしかない。

――いるものなのだ、世の中には。

ろくな力もないくせに、そのぶん、歪《ゆが》みもなく、下心もなく、好きだというまっすぐな気持ちだけを武器にして、攻略不能のはずの砦《とりで》を突き崩してしまう者が。

生まれ持った資質でもあり、育った環境のおかげでもあるのだろうが、それでも明るく柔らかな空気をまとって、知らずに周囲を巻き込んでしまう――そんな人間が。

決して特別ではない。ようは、人がいいだけのことなのだが。

楽観的で、悪気がない。悩んでも、昏《くら》くはならない。落ち込んでも、すぐに復活する。

志摩から見れば、お気楽としか思えない性格なのだが、実は人間など本来そういう生きもので、それで世の中は回っているのだ。

どれほどニートや引きこもりが増えようと、大多数の人間は普通に毎日を送っている。大人になってまで、鬱々《うつうつ》と中二病を引きずっている者など、やはり少数でしかない。

たいていの人間は、無駄な大望など抱かず、さりとて必要以上に自分を卑下《ひげ》することもなく、日々を生きていけるのだ。

卓斗は、そんな普通の人間の代表格で、彼が楽しみにしていると言うなら、それはお世辞でもなんでもない。本音なのだ。

（そうか……こんな何気ないことでよかったのか）

面白かったと、次回作が楽しみですと、笑って言ってくれる読者がいれば、それだけのことで作家は満たされてしまうのだ。

志摩が望んでいたもの――尽きせぬ才能を持つ理想的な作家は、八神だった。

だが、百万部売れる必要はなかったのかもしれない。

たったひとりでよかったのだ。

本心から喜んでくれるのなら。

当たり前のことに、いまさら気がつく。

ついつい新米と見下してしまう卓斗に、教えられる。

「次回作か……、本気でとり組むかな」

ぽつ、と独りごちたときには、心はすでにバハール首長国へと飛んでいた。

などと、どこか郷愁めいたものを感じていたときだった。

「志摩創生！」

再び、シークレットフロアの静かな廊下に響いた呼び声。

それも、さっきの比ではない野太い大声だ。

（え？　今度はどこの礼儀知らずだ……？）

振り返ったとたん、志摩の目に飛び込んできたのは、白いアラブ服。

長衣《トーブ》も上着《ビシュト》も、頭を覆ってたなびくクフィーヤも、何もかもがまっ白だが、上衣の縁どりや腰紐の銀色の刺繡《ししゅう》がすばらしく豪華で、身分の高さを物語っているようだ。

背後から慌てた様子で、黒い背広姿にクフィーヤを翻《ひるがえ》したＳＰ軍団が追ってくるところを見ると、どうやらバハール首長国の者らしい。

一九〇センチ近くはあるだろう、大柄な男だ。

深く被ったクフィーヤの下から覗く、ゆるくウェーブを描いた黒髪と、つり上がった猛禽《もうきん》のごとき双眸に、つい最近どこかで出会ったような既視感を覚える。

「貴様《きさま》、志摩創生だな？」

再びの問いというより、怒鳴り声が、キンと耳障りに響く。

不快な声なのに、これまたどこかで聞いた気がする。いや、不快なのは、呼び方に込められた感情に怒りが露わになっているからで、声そのものは決して嫌いなトーンではない。

「答える口がないか、貴様！」

ずんずんずんずん、大きなストライドで歩み寄ってきた男の大きな手が、唖然《あぜん》と見ているしかない志摩の襟首を、むんずとつかむ。

「廊下で志摩とすれ違ったと、サイードが言っていた。貴様で間違いないな？」

サイードの名前を出すからには、やはりバハール首長国の者だ。そして、志摩がいると聞いて、大使館から飛び出してきたということらしいが。

第四王子であるサイードに敬称もつけず、名前で呼び捨てにする——そんな人間が、バハール
に何人いるだろう。

「あ、あの……はい、俺が志摩ですが……、あなたは……？」

いやな予感に、鳩尾《みぞおち》のあたりがキリリと痛む。

「俺を知らぬと？　この無礼者っ！」

日本語の発音が、どこかぶっきらぼうで、使い慣れない感じが伝わってくる。

「兄上の命で、おまえを捕まえに……いや、連れにきてやったのだ。わざわざの出迎え、大儀に
思えよ」

その上、あちこち言い回しが微妙に変だ。

いや、それはこのさい重要ではない、と志摩は自分に言いさとす。

問題は、この男の正体だ。想像どおりだとすると、すさまじくいやな展開になりそうな、と思
うそばから、飛びかかってくる怒声。

「覚えておけ。俺はラヒムだ。バハール首長国第三王子、アミール・ラヒムだ！」

ガン、と一発、脳天に隕石でも落下したかのような、衝撃を受けた。

（こいつが第三王子……？　ラヒム・イブン・ナジャー・アル＝カマルか？）

既視感の理由が、わかりすぎるほどにわかった。

アスラーンに似ているのだ。顔も、声も、雰囲気も。

だが、長兄とは、決定的に違う部分がある。若いな、と思う。

(三男は……確か二十七だったか。アスラーンとは八歳違いか。——にしてもガキっぽいな)

八年前のアスラーンが、ラヒムのようだったとは、とうてい思えない。

(やはり皇太子として育った長兄と、気楽な三男の差か)

それでも、ここでよけいな敵を増やすのは、本意ではない。

「ラヒム殿下でしたか。いやぁ、日本語が……お上手ですね」

親日家というだけあって、アル＝カマル一族はよく日本語を解す。

だが、ラヒムは自分の語学力の未熟さだけは理解しているようで、むしろ不満を露わにして、アスラーンに似た太い眉をムッと寄せた。

「皮肉か！　それは皮肉だな？　どうせ兄上たちほど、りゅうちょうではない！」

(あ……、いまこいつ、流暢《りゅうちょう》をひらがなで言ったな)

そんな細かいあたりをニュアンスで感じとったのが、志摩の観察眼の鋭さで、それを皮肉な笑みにしてしまうあたりが、ひねくれ者を自負する性格ゆえんだった。

「ほうー、貴様、アミール・ラヒムをバカにするか！」

そして、こういう野性系というのは、知性派のあざけりを、勘で察知する。

不気味なほどに、的確に。

「はっきり言っておくぞ。俺はおまえを認めていない！　陛下には新たな王妃《マリカ》が、絶対に必要。

おまえはどうせ遊びの相手だ。兄上が再婚なさるまでの繋ぎの卵にすぎん！」

「はあ……」

はっきり言っておく、と切り出しただけあって、内容はわかりやすいが日本語がわやわやだ。

どうやら志摩を牽制しているつもりのようだが、それは脅しにもなっていない。

（いや……俺は遊びでけっこうなんですが。あんた以外にもやっかいな身内が他にもぞろぞろいるんなら、セックスフレンドでじゅうぶんかと……）

なんてことを、うっかりでも口に出したら、それこそラヒムが切れかねない。

「兄上には、今度こそ男子をもうけてもらわねば。いや、どうせならネシャート姉上と、よりを戻すべき。相性は悪くないのだ。姉上がもう少し頑張って、犬の子のようにころころと、男子を産んでくれればいいのだ」

だが、その前に、ラヒムのよけいな一言で、志摩が切れそうだ。

（ネシャートさんを犬あつかいって、なんだこいつー！）

志摩はネシャートの味方だから、いまの発言でラヒムに対する評価は、一気に下がった。

ふと、皇太子候補の話をしていたときの、アスラーンのが呟きが浮かんだ。

――ラヒムのバカでは、別な意味で不安だ。

話題の中心は次男ナーゼルのほうだったから、意識もしなかったが。

言うなればラヒムは、アスラーンから知性と貫禄《かんろく》と熟慮をとっ払って、我が儘度合いを二割増しにしたような男なのだ。

（ラヒムのバカの意味が、わかったぜ……）

わかったからといって、嬉しくもなんともない。

たぶんさほど外れてはいないと、これまたいやな予感が、首根っこをつかんでいる手からひしひしと伝わってくるのに。

志摩は蛇《へび》に睨まれた蛙《かえる》状態で、身じろぎひとつできない。

（ここで逃げたら、こいつ……、地の果てまで追ってくるよな）

それから一時間ほどのち、志摩は機上の人となり、バハール首長国へと向かっていた。

むろん、アル＝カマル一族の自家用《プライベート》ジェットでだ。

3

「志摩、よく来たな」

天上の宮殿《ジャンナ・アル・カスル》の門前で、スルターン・アスラーンは、両手を広げて恋人を出迎えた。

黒い上着《ビジュト》の袖と、白いクフィーヤが、風をはらんで揺れている。

その風格あるたたずまい——なんて王者の威厳に満ち満ちていることか。

「アスラーン、会いたかった……！」

たぶん、出会って初めてだろう。志摩は自ら駆け寄って、アスラーンに抱きついた。

「抱きつかれるのは、いっこうにかまわん。なんと心地いいことか。ついに私への愛を、素直に認める気になったのだな？」

「……ってーか、疲れきった」

「おや？」

「何、あいつ……？　マジでうざい……」

志摩はアスラーンの耳元に、ひっそりと問いを落とす。

あいつ、の意味に気づいたアスラーンが、志摩を送ってきた男に目をやる。砂漠を渡ってきた四輪駆動車の前で、お駄賃《だちん》をねだる子供の顔でふんぞり返っている、弟王子のラヒムへと。

「あれは、単純なのだ。悪気はない」

「悪気はなくても、頭が悪い！」

十一時間のフライトはさんざんだった、と志摩はうんざりと思い返す。

とにかく、延々と威張り続けるラヒムが、うるさすぎた。

曰《いわ》く――…。


「我らが母上、マリカ・ザフラーは、スルターン・ナジャーの二度目の妻。

バハール首長国の長老会議《バルラマーン》を構成する十一の部族のひとつ、アル＝ハリーブ一族の首長の娘。

アル＝カマル一族にも劣らぬ伝統ある家柄、まさに王妃《マリカ》となるにふさわしいお方だ。

兄と俺、ふたりの男子をなしたあと、契約による協議離婚で婚資金《マフル》を手に入れ、いまは再婚してラザーン王国の王家に嫁いでいる。実に見事なタナボタ人生だ。

身分からして、最初の妻マリカ・ファーティマにも劣るまい。

アスラーン兄上がスルターンとなったいま、次期皇太子は、当然ながらナーゼル兄上がなるべきだ。身分、家柄、財力、知性、すべてを備えた眉目秀麗《びもくしゅうれい》、柔和温順《にゅうわおんじゅん》、完璧なアミールだ。

何より、長老会議《バルラマーン》という強い後ろ盾がある。

俺か？　俺は、皇太子というガラではないな。政治家より軍人がいい。近衛の大将となって、兄上たちをお守りするのだ。勝てば官軍だ！

何？　サイードはどうだと？　ふん、あれには駐日大使が似合いだ。

なぜ？　なぜも何も、身分が低い。

四男とはいえ、サイードの王位継承順位は、その下の弟たちより低い。

どうしてだと？　それくらいわからんのか。母親の身分が低いのだ。

あれの母、マリカ・モニールは、他国の出身――それも、内乱で追われて我が国に逃げてきた難民だ。どうしてあんな女を、王宮の侍女として召しかかえたのか（中略）……。

父上にとり入って、三人目の王妃《マリカ》の座を掠めとり、男子をもうけただけでも、幸運。

それで運を使いきったのか、若くして亡くなった――美人薄命というが、サイードが八つかそこらのときだ。王宮の水が合わなかったのだろうな。それは、哀れに思うが、しょせん王妃《マリカ》の器ではなかったということだ。

母親もいない、後ろ盾もない――となれば、サイードの将来も知れたものだ。大望など抱くだけ無駄……（中略）……日本あたりで満足しておればいい。

その下の弟たちは、まだ幼いが、いまからビシビシ兄上への尊敬をしこんでやる。

まあ、父上も、最後は自ら退位するほどに政治への興味をなくされたが、それでもスルターンの義務は、じゅうぶんに果たされた。

男子が八人――それでじゅうぶん。犬の子のようにころころとよく作られた。

これで、アスラーン兄上とネシャート様とのあいだに、男子が生まれれば万々歳《ばんばんざい》だったのに。

離婚は、さすがに早すぎだろう。

あれは周りが悪い。自分の娘を陛下に嫁がせたがっている連中が、姉上をいびって、離婚に追い込んだんだ。俺が軍部を掌握したら、まず、あの連中の屋敷を、ロケットランチャーで吹っ飛ばしてやる。

それこそ、陛下への忠誠の証《あかし》だ！」


等々……あれこれと、拙《つたな》い日本語で、しゃべる、しゃべる。

文法は違うし、意味は重複してるし、諺《ことわざ》の使い方が間違ってるし、尊敬語と謙譲語《けんじょうご》がごっちゃになってるし――頭の中の赤ペンで校正しまくった結果が、これなのだ。

軍部を掌握したら、って、それはクーデターだろうと突っ込みたくなったが、ラヒムの性格を如実《にょじつ》に表しているので、そのまま残してみた。

勝手に言葉を作っている節もある。『犬の子のようにころころと』という言い回しは、ネシャートを語るときにも聞いたが、多産を意味するめでたい言葉だと思っているようで、悪口ではないのだとわかった。

ときおり日本語での表現に困るのか、いきなりアラビア語が飛び出すので（中略）としたが、その部分をすっ飛ばして前後を繋げるのが、また一苦労。

編集として、こんな仕事は二度と受けたくない。

なんというか、『我らアル＝カマル一族の栄光』というタイトルの、小学生の作文を聞いているようだった。

それも十一時間、休まずに……。

ラヒムの大声がいまも耳奥に残って、頭がガンガンする。

「マジ、疲れた……。こんなにフライトが長く感じたのは、初めてだ……」

「ご苦労だったな。では、新婚初夜の夫と妻のごとく、抱き上げて運んでやろう」

うっとりと薄茶の髪に口づけながら、アスラーンは逞しい腕で、志摩を横抱きにする。

「バ、バカ、見物人がいるぞ……」

わざわざ日本くんだりまで飛んで、志摩を連れてくる役目を果たしたラヒムが、背後でむすっと顔をしかめている。

それをチラ見して、ごくろう、とアスラーンは素っ気なく告げる。

「おまえがいちばん暇そうだったゆえ頼んだが、人選ミスだったかな」

低い声音で言い捨てられたラヒムは、尊敬する兄に従っただけなのに、と唖然とその場に突っ立っている。

「悪かったな志摩。どうせラヒムが、文句を垂れ流したんだろう？」

自室へと向かう階段を上りながら、アスラーンがくすぐるような謝罪を送ってくる。

「ラヒムスピーカーとでも、綽名《あだな》をつけてやれ……」

「あれは日本語だから、よけいにバカに聞こえるんだ。アラビア語だと、ちょっと威張っているだけなのだが」

「そうなの？　──にしても、なんであいつを寄こしたんだよ？」

「皇太子を決めねばならんという話をしたな。それを手伝ってほしい」

「そのために、俺を一カ月も拉致るのか？」

「拉致ってはいない。新婚旅行はできぬから、せめて一カ月、ふたりでいっしょに蜜月をすごしたかったのだ」

「で、そのあいだに、皇太子候補の審査までさせようってのか」

「おまえは何もする必要はない。ただここにいるだけでいい。周囲が勝手にあれこれと、対応するだろう。おまえに対する者どもの反応で、人間性がわかろうというものだ」

「ああ……。少なくともラヒムはペケだ」

何かあるだろうとは思っていたが、そういうことか、と志摩は納得する。

「まったく……。探知機かよ、俺は」

文句を言いつつも、自らアスラーンの逞しい胸にすり寄っていく。

この男の熱が鬱陶しくなかったのは初めてじゃないだろうか、と考えつつ志摩はうっとりと目を閉じ、全身をあずける。

好き嫌いは別にしても、志摩よりかなり体温が高いアスラーンの身体は、抱かれた瞬間にいつも熱いと感じてしまう。

なのに、十一時間もラヒムの不快なおしゃべりにつきあっていたせいか、アスラーンが常以上に紳士的な男性に思えてくる。

いつもは気になる熱さえも、さわやかに感じられるほどに。

（ああ……やっぱり、いい男だったんだな）

改めてそう思う。

自分はすばらしく幸運だった。

なのに、いつも素直に気持ちを返せない。

一カ月の蜜月のあいだ、少しは関係が深まるだろうか。

甘い言葉と、激しい愛撫に溺れて、甘えているだけでは我が儘すぎる。

皇太子選びなどどうでもいいが、アスラーンのために骨を折ってやるのも悪くはない。

「……志摩……」

掠れた呼び声に、志摩はのろのろと瞼を開ける。

いつの間にか見慣れたアスラーンの部屋に連れ込まれ、豪奢《ごうしゃ》なペルシャ絨毯を覆い隠すほどに折り重なったクッションの中へと、下ろされていた。

上質なリネンのさらりとした感触が、砂漠の陽に焼かれた肌に心地いい。などと呑気《のんき》に思っている暇もあらばこそ。強靭《きょうじん》な腕に押さえ込まれて、再会の口づけがはじまる。

衣服越しに、アスラーンの鼓動の高鳴りを感じるだけで、志摩の胸の奥で、同調しながら逸《はや》っていくものがある。

躊躇いはほんの一瞬で、夢中になるのはあっという間だ。

熱い舌先に口腔《こうこう》内をねぶられてしまえば、埋《うず》み火のごとき快感が、甘い痺れをぴりぴりと肌に散らせていく。

（ああ……やっぱり巧すぎ、こいつ……）

セックスをともなわない口づけが、志摩は好きだ。

もちろん、わけがわからなくなるほどに濃厚な交合の中で、乱されるだけの口づけも嫌いではないのだが、それでも大人の余裕を残したまま心を探りあうキスは、特別に甘い。

貪るように乱暴でも、そこに痛みは決してない。

唇や舌先を甘噛みされても、それはただくすぐったいだけで、たっぷりと味わえる。息苦しくなるほどに長くても、器用な男は、途中でついばむだけのインターバルを入れてくれる。

「……はっ……、ん、ふうっ……」

疲れきった志摩がおとなしくしているのをいいことに、アスラーンの悪戯な手は、ボトムの中まで入り込んでくる。まろやかな尻を撫でたり揉んだりしたあげく、双丘のあいだの窄《すぼ》まりにまで、ぬるつく指を差し込んでくる。

「……っ……ふうぅ……」

今日はとても体力的に無理そうなのに、志摩の唇から漏れる喘ぎは、意志を裏切るかのように濡れて、艶《つや》めきを増していく。

「……ん……、もっと……」

鼻から抜けるおねだり声の、媚びたさまも気にせず、両手をクフィーヤの下へと滑り込ませ、ウェーブを描く黒髪の感触を味わいつつ、引き寄せる。

もっと、もっと、と両脚をアスラーンの下肢に絡ませたときだった。

「失礼ですが、私はこのまま、ここにいてもいいのでしょうか？」

唐突に部屋に響いた、気まずそうな問い。

「えっ……!?」

志摩とアスラーンは、ほとんど同時に顔を上げ、声のほうを振り返る。

見れば、部屋の一角に置かれた小さなティーテーブルに、男がひとり腰かけていた。

（だ、誰、これ……？）

見慣れたはずの民族衣装なのに、受ける印象が他の者と違う、と志摩は目をしばたたかせる。

違和感の理由は、すぐにわかった。

黒いクフィーヤを被っているのだ。白が普通のはずの長衣《トーブ》までが、黒い。

（クフィーヤって、部族によって色や柄が違うんだったな。――じゃあ、この男はアル＝カマル一族じゃないのか？）

黒い上着《ビシュト》の縁を飾る金糸の刺繍と、指輪や留め輪《イガール》に施された、黄金や色石の鮮やかな煌めき以外には、すべてが黒ずくめの男。

他の一族の首長とかだろうか——との疑問は、アスラーンの言ですぐに否定された。

「なんだ、ナーゼル……いつからそこにいた？」

アスラーンの弟、順当にいけば皇太子になるはずの第二王子、ナーゼルである。

「さきほどから、ずっと。兄上が志摩様をお迎えに出る前から、ここにおりますが」

「ああ、そうだった。どうもおまえは印象が薄くて、すぐに存在を忘れる」

「お戯れを」

ふ、と口角をわずかに上げて、ナーゼルは唇だけで笑む。

同母の弟、獣系のラヒムとは、ずいぶん印象が違う。

ラヒムスピーカーの情報によれば、志摩と同じ三十歳のはずだから、年相応の落ち着きといえなくはない。椅子から立ち上がり、上着《ビシュト》の袖を胸に当てて礼をとる仕草は、あくまで優雅だ。

「お初にお目にかかります、志摩創生様。ナーゼル・イブン・ナジャー・アル＝カマル。ババール首長国第二王子です。お見知りおきを」

何より、日本語が超流暢。ラヒムのバカとは、頭のできが違うようだ。

一族の特徴の切れ長の目はアスラーンと共通しているが、細く筆で刷《は》いたような眉や、クフィーヤの下から覗くストレートの黒髪が、静謐《せいひつ》な印象を与える。

兄弟たちの中では、おとなしいと評価されているようなことを、アスラーンもラヒムも言っていたが、志摩は奇妙な違和感を覚えた。

（おとなしいっていうより、落ち着いてる……。いや、沈着冷静か……？）

この一族の共通点は、お目にかかったことはないスルターン・ナジャーを筆頭に、アスラーン、ラヒム、サイードと、自信満々で情熱的な俺様男ということだろう。

だが、ナーゼルからは、押しの強さはまったく感じられない。

そこにいたことすら気づかずに、夢中で口づけをしていたくらいだから。

（けど、それって変じゃないか……？）

おとなしいアル＝カマル一族——そんな者がいるだろうか。

砂漠に生まれた者なのだ。戦士の血を引く一族の、末裔《まつえい》なのだ。

こうして見れば、さらさらと流れていく砂丘の砂の一粒のように、周囲に溶け込んではいるが、存在感がないわけではない。

黒ずくめの衣装の中、深いグレーの瞳が、思慮深さを感じさせる。

（けど、印象的ではあるんだよな、この男……）

なのに、声を発するまで気づかなかったのは、本人が意識して息をひそめているからだろう。

「では、ラヒムが戻ったのならば、私も失礼いたします。兄上も久しぶりに、志摩様との時間をお楽しみくださいさい。邪魔者は退散いたします」

「では、例の話は、またの機会に」

「私の意見は、アル＝カマル一族の総意。次代の皇太子にはスルターンの直系が立つべき。それ以外の選択肢はございませぬ。兄上が再婚するまでのあいだの代理ならば、お引き受けしないでもありませぬが。たとえ皇太子となっても、王子誕生と同時に身を引く所存」

「再婚する気はない。ネシャートとのこともある。男子が生まれる確証があるわけでもないのだ。不憫《ふびん》な女を増やすだけのことはしたくない」

「兄上は、お優しい……」

何か物言いたげな感じがして、あとに続く言葉を待っていると、ナーゼルはそこで薄く笑んで、志摩でも知っているアラビア語の挨拶を告げた。

「イラッ・リカー《また会いましょう》」

頭を下げて、では、と部屋を辞していくその黒一色の背中を見ながら、志摩は何やら肩すかしを食らったような感覚に襲われる。

「ラヒムとはずいぶん反応が違うな。何か言いかけた気がしたんだけど……」

「ナーゼルは、いつもああだ。語尾をぼかす」

ふん、とアスラーンが不機嫌さ丸出しに、鼻を鳴らす。

「確かに、なんか中途はんぱだな。お優しいからどうなんだ、って突っ込みたくなる物言いだ。ラヒムははっきりしすぎてバカっぽいけど、わかりやすいっちゃ、わかりやすいのに。同母の兄弟にしては、似てないな」

「——というより、ナーゼルだけが、アル＝カマル一族から浮いているのだ」

「おとなしい、って言われてるんだっけ？」

でも、あれ、おとなしいか、と志摩は首を捻《ひね》る。

こちらの人間は何にしても、意見がはっきりしている。だから、物静かなだけでも、おとなしく見えるのだろうが——ひねくれ者の志摩から見ると、なんとなく裏がありそうな感じがする。

「あれは、おとなしいのではない。強固な意志で、あえて口を塞いでいるのだ」

アスラーンも何やら気にくわないようで、強い口調で決めつける。

「どうして、そんなことを？」

「うそをつくと、月の力《カマル》を持つ者たちに見抜かれるからだ。内心に何を秘めていようと、黙っているぶんには、気づかれずにすむ」

「月の力《カマル》って、うそと真実を見極めるもんなの？　もっと本質を見抜くのかと思ってた」

「力の現れ方は人それぞれだ。サイードなどは、人を見るだけで善悪がわかったというが、それほど強い力の者は稀《まれ》だ。——それでも、力を持っている者たちに訊けば、共通点は見つけられる。いちばんわかりやすいのは、うそをついた人間からいやな匂いがする、というものだ」

「うそを、匂いで嗅ぎ分けるってことか？」

「そう信じられている。だから、邪心を持つ者ほど、人前では寡黙《かもく》になる」

「何も言わなければ、うそもバレないってわけか」

「逆に言えば、無口な人間は下心があるのではと疑われやすい。つまり、月の力《カマル》を出し抜くためには、うそをつかずに内面を隠すような話し方をすればいいわけだ」

「ナーゼルは……それに慣れている？」

なるほど、と思いながら、志摩はさっきのナーゼルの物言いを思い返す。

——私の意見は、アル＝カマル一族の総意。

出だしから、それだった。

自分の意見を、一族の総意へとすり替えている。

語られる内容は、あくまで一族が口にしている事実だから、うそではない。

「ふうん……。俺、そういうタイプのあつかい、けっこう得意かも」

「だから期待している。おまえは素直なくせに、人の心を裏読みする術に長《た》けているからな」

「素直ってのだけ、よけい」

「ああ、そうだったな。素直なのに、ひねくれ者を装いたがるんだ。——その悪ぶったところも可愛いのだが」

「だから—、その可愛いって認識が間違ってるんだって」

今日こそは訂正してやるぞ、と意気込んだとき、ちゅっと口づけを送られて、志摩は出端をくじかれてしまう。中坊のような触れるだけのキスが、照れ臭くて、思わず頬が熱くなる。

「な、なんだよ……？」

「そら、もう赤くなった。本当に可愛いやつだな」

「ち、違うっ！」

「違うか違わないか、この蜜月のあいだに、たっぷりとその身体に教え込んでやる」

アスラーンの金色の瞳が、欲情に煌めく。

「いまはまだ恋人だが、一カ月後、おまえは身も心も、私の可愛い花嫁になっているだろう」

「だから……花嫁っての、やめろって……」

「まずは、その生意気な口を塞ぐことから、はじめるか」

さっそくの花嫁教育とばかりにアスラーンは、再び志摩をクッションへと押し倒す。

「ん……ふぅっ……」

ねっとりと熱い口づけで、志摩を翻弄《ほんろう》しながら、服を脱がせていく。

ちゅっ、と肌を吸っていく唇の感触が、じわじわと身のうちを灼いていく。

すっかりその気になって、じょじょに下肢へと向かっていく肉厚の唇が、何を目指しているかわからない志摩ではない。

ややあって、股間にぬめった感触が広がった。まだちょっと元気を出せない雄芯が、柔らかく濡れたものに包まれたと思うと、淫猥《いんわい》な音を立てて吸われた。

巧みな口淫が、気怠さを引きずっていた志摩の一物に、心地よい快感を与えてくれる。

それに燃えるというより、むしろ安堵して、どんどん力が抜けていく。

「あ、ごめん……。俺、マジで疲れてるんだけど……ちょっと休みたい」

「ん？」

咥《くわ》えたままでアスラーンが、上目遣いに志摩を探る。

「十一時間だぜ。フライト中、休みなしでしゃべってやがって、もう頭ガンガン……」

愚痴《ぐち》っている声がもう眠っていく。半濁のまま、心地よい粘膜の刺激を味わう。

「ホント、少し休ませて……」

アスラーンも男だからいったん挿入したら、もう止まることはできない。

いま手加減なしに揺さぶられるのはいやだし、何より、はじまればそれなりの時間をついやすことになる。一度だけで終わるはずもないし。

「頼むから、勘弁して……」

「我が儘な恋人だな。——だが、可愛いから許す」

アスラーンは舌先で亀頭を嘗めながら、からかうふうに三日月型に笑んだ目で、告げている。

(可愛い、ねえ……何度聞いても、俺には似合わなすぎる言葉なんだけど……)

いったいアスラーンの目には、志摩がどんな男に映っているのか——だが、その可愛く見える反応のおかげで、濃厚なセックスに雪崩《なだ》れ込むのだけは、回避できた。

それでも、すでにはじめたことをやめる気はないらしく、そのまま口淫を続けていく。

身体はむしろ、疲れを吐き出すかのように、ゆるゆると緩慢に高まっていく。

質量を増していく志摩の昂ぶりは、もうすっかりアスラーンの口の中に呑み込まれてしまっている。悠然と喉奥まで咥え込んでいくさまが、すさまじく色っぽい。

口腔内で絡んでくる舌や、甘噛みする歯の感触や、ぎゅっと絞る頬の筋肉の動きで、志摩の一物を脈打たせる。

眠たがっている身体でさえ、官能の高処へとさらってしまう、その魔法のごとき舌遣い。

「ふ……んっ……、ダメだって、それ……」

絶頂の予感に当惑しながらも、志摩は甘く喘ぐ。

螺旋《らせん》を描くように舌先で鈴口を転がし、ときには根元を甘噛みされて、痺れるほどの刺激が湧き上がって、肌を熱く火照《ほて》らせていく。

「んっ、あっ……ああ……」

そうして、一気に高処へと追い上げられた志摩は、こらえることもできず、アスラーンの口腔内に自分のすべてを放っていた。

それを、喉を鳴らして嚥下《えんか》する音さえも、静かすぎる部屋に響いて、志摩の興奮を煽る。

（わざとやってやがるな、こいつ……）

欲しがっているのはわかる。わかるが、いまは眠いのだ。

睡魔に引き込まれるように、瞼が閉じていくのを止められない。

疲れきった身体は、柔らかなリネンのクッションの中に、心地よく沈んでいく。

「眠っていろ。太腿だけ借りるぞ」

妙なことを告げられたと思うと、内腿にとろりと粘着質な液体が垂れてくるのを感じた。

ぬめったそれをなすりつける動きで、何かが両脚のあいだをゆるりと擦りはじめる。

（あれ……、これって、素股か……？）

ならば、いま股のあいだを行き来している熱は、アスラーンの性器なのかと、志摩は細く目を開ける。

志摩の両膝はぴったりと合わされたまま、くの字に曲げられていて、まるで胎児を思わせるその姿に、カッと頭が羞恥に沸騰《ふっとう》する。

自分の脚が視界を遮っているから、その向こうにいるアスラーンの股間の様子はわからないが、がっしりとした大きな手に抱え上げられた太腿のあいだから、出たり引っ込んだりしている亀頭の先端を見ることはできる。

興奮を露わにし、先走りに鈴口を濡れ光らせている、それ。

（あ……、くすぐったい……）

ゆるゆるとした刺激に煽られて、放出したばかりで萎《な》えていた志摩の一物も、力をとり戻しはじめている。比べて、雄々しく張りきったアスラーンの性器は、それ自体が一個の生きもののように、堂々とうねっている。

アスラーンは器用に腰を動かして、二本の幹を擦りあわせたり、志摩の根元の袋に先端をぶつけたりして、遊んでいる。

太腿に男の熱を感じて、こらえきれぬ吐息が漏れる。

「あっ……んんっ……」

「そら、力が抜けているぞ。もっとちゃんと閉じていろ」

そう言われても、身体自体がもう志摩の意識から離れてしまって、ろくに力がこもらない。

アスラーンの腕に抱き込まれているから、なんとか閉じたままでいられるのだ。

本来なら志摩が奉仕しなければいけないところなのに、すっかり任せきって、デク人形のごとく横たわっているのが、精一杯だ。

ぬちゃぬちゃ、と淫靡《いんび》な音を立てて、太腿の内側を擦り続ける肉茎は、こんなお遊びのような行為で我慢してくれるとは思えないほどの情熱を伝えてくる。

「ご、ごめん……足りないよな、こんなんじゃ……」

「まあ、いい。――ラヒムのお守りをさせた、詫びだ。そのぶんは、今夜、たっぷりと楽しませてもらう」

「うん、あとで……。マジ、眠くって……」

アスラーンのそばなら安全だからと、心も身体もわかっているから、脱力していくのが止められない。じょじょに薄れていく疲労感が、心地よさにとって代わられていくからこそ、眠りは穏やかに訪れる。

「いまは寝ていろ。ちゃんと後始末はしてやる」

至れり尽くせりの旦那様に、いまはすっかり任せてしまおうと、志摩は全身から力を抜いて、贅沢な微睡《まどろ》みに落ちていく。

空調の利いた部屋の中に、外の熱気は入ってこない。

しゃらしゃら、と砂が流れる音が、子守歌のように聞こえてくる。

窓の向こうは、黄昏《たそがれ》間近の空。じょじょに色を変えて、志摩を眠りに誘うために、光量を落としていく。

（ああ……気持ちいい……）

アスラーンの優しさを全身に受けて、眠りに落ちていく刹那——砂丘がひときわ眩しく輝いたのを、夢のように感じながら、志摩は意識を手放した。


遠目に天上の宮殿《ジャンナ・アル・カスル》を見下ろせる砂丘の上に、騎乗したふたつの影がある。

ひとりは双眼鏡を手に、宮殿の一室を執拗《しつよう》に覗いている。

この国を統《す》べるスルターンが、たかが一介の日本人の前に跪《ひざまず》き、その男根を口に咥えて奉仕するさまを、目に焼きつけてしまった男の怒りは、激しい。

「ジンニーヤー!」

不快も露わに吐き捨てると、持っていた双眼鏡を、砂漠に投げ捨てる。

わざわざ女性形を使ったアラビア語は、『魔女』とか『妖魔』とかに対応する言葉だ。

男ならばジン、女ならばジンニーヤ――つまりは、志摩を男を誘惑する淫魔に喩《たと》えて、侮蔑したのだ。

それを耳にして、隣にいた男が苦笑する。

「ラヒム……」

黒い衣装を身にまとった、ナーゼルである。

「ウリードゥ・アン・アルジア・イラ・バイト」

兄であるナーゼルの『もう家に帰ろう』という呼びかけに、ラヒムは忌々《いまいま》しげに舌打ちしながらも、手綱《たづな》を返したのだ。

アスラーンに似た面差しに、砂漠の陽射しが深い陰影を刻み込む。

「志摩創生……!」

憎々しげに呟いたラヒムの双眸に宿る激情が、何に向かっているのか。

志摩は、まだ知るよしもなかった。

4

当然だが、スルターンに就任したばかりのアスラーンは、超多忙だった。

毎朝、王宮に通う姿を見送ったあとは、志摩はSPに囲まれて留守番ということになる。

一ヵ月の滞在とはいえ、いっしょにすごせる時間は、さほど多くはなさそうだ。

次の小説を書き上げることも、重要な滞在目的なのだから、ひとりの時間はひたすらパソコンに向かっているのだが、思うように進まないのが現状だ。

単純にアイデアが浮かばないというだけでなく、乗ってきたときにかぎって、アル＝カマル一族の長老格が、挨拶という名の文句を言いにやってくるのだ。

ここ数日でもっとも網膜に焼きついたのは、小うるさいジジイの髭面《ひげづら》だったりするから、創造の泉への扉を開く刺激にはなりようもなく、キーを叩く指にも力が入らない。

書く方が進まないぶん、姑息とわかっているのに、アスラーンの腕に逃げ場を求めてしまう。

とはいえ、濃密な夜をすごしたいと思っても、互いにどこか、翌日の仕事に影響しない程度に抑えている節がある。

恋人を引っ張り込んだから政務がおろそかになった、なんてことは絶対にあってはならないと、志摩もしっかり心に決めている。

アスラーンのほうも皇太子選びという、悩みのタネを早く解決してしまいたいらしく、後戯を楽しみながらの睦言が、いつの間にか政治談義になってしまうのも、一度や二度ではない。

「また今日も髭ジジイが来たぜ。どうにかならない、あいつらー」

「ん?」

「ラヒム同様、俺を嫌ってるのは、どうでもいいんだ。——ってか、好かれたくないし。けど、最後の捨てゼリフがそろいもそろって、おとなしく陛下の愛人をやってろ！　なんだぜ」

今日も今日とて、アスラーンの胸を枕代わりにしながら、ついつい愚痴をこぼしてしまう。

「気にするな。日本語が下手なだけだ。『おとなしく』を『情熱的』に、『愛人』を『恋人』に変換して、聞いてやってくれ」

そんな志摩をあやすように、いつまでも髪や、額や、耳朶に、キスを繰り返すアスラーンの唇の感触が、くすぐったい。

「何それ？　もっといやなんだけど」

こんなとき憎まれ口を叩くのは、もう癖のようなものだ。

「そんなに照れなくていい。可愛いやつだ」

そして、アスラーンの返しもまた、うんざりするほど聞き飽きたセリフだ。

もう、と拗ねる素振りを見せても、髪を撫で梳く手は止まらない。

「爺様たちは、恋愛というのが理解できないんだ。こちらでは結婚は契約だからな。——だが、あれは、文句を言いつつ、心底では羨《うらや》ましがってるんだと思うぞ」

「王族はみんな政略結婚ってか。虚《むな》しいね」

「いや、父上は一度、恋愛結婚をしてるぞ。三人目の妻……サイードの母上がそうだ」

「え？　サイード殿下の……」

ラヒムスピーカーが、身分が低いとさんざんに言っていたことを、志摩は思い出す。

「侍女として王宮勤めをしていて、父上のお目に留まったのだ。マリカ・モニールは、四人の妻の中でただひとり、政略結婚ではない王妃《マリカ》――父上が心から愛した女性だった」

「へえ……？」

「父上も最初からモニール様を妻にしたかったのだろうが、スルターンにとって、政治は恋愛より重要。――三人目であろうと、妻に迎えられたのは、幸運だったはず」

「そっかー。一度でも恋愛結婚してたんだ」

「だが、マリカ・ザフラーにはナーゼルとラヒムがいた。男子をもうけて、王妃《マリカ》の務めを果たしている以上、当然、周囲は猛反対した。――が、我らの習慣では、夫には、妻に対して一方的に離婚を宣言する権利があるのだ。タラークというのだが……それで、かなり無理やりに離婚して、モニール様と結婚したわけだ」

「うわー、それって……」

それでは、侍女に旦那をとられて、王妃《マリカ》の座もなくした、ザフラーという二番目の妻の立場がなかろうが、と志摩は肩をすくめる。

（どうりで……ラヒムスピーカーがサイード殿下を悪《あ》しざまに言ったはずだ。母親が離婚させられた恨みがある、ってことか）

アスラーンは母親似だと思っていたが、実は父親似なのかもしれない。

有能な為政者であるとともに、恋愛への情熱も持ちあわせ——民から賢王と称えられ、誰からも慕われていたころの、スルターン・ナジャーに。

「私は義母たちの中では、マリカ・モニールをいちばん慕っていた。優しい人だったが、後ろ盾もなく、愛だけを頼りに王宮に身を置いている姿は、痛々しかった。——それでも、サイードが生まれて数年のあいだは、父上と幸福な家庭を築いていたのだ」

「ああ、若くして亡くなったって聞いたけど……身体が弱かったとか？」

「いいや、健康な方だった、これといった持病もなく、前日まではお元気だったと聞いている。わずか二十八歳。心不全……つまりは原因不明の突然死だな」

アスラーンは淡々と語るが、志摩は何やら物騒な匂いを感じてきた。

「突然死って、働き盛りの男に多いんじゃない。二十八歳で……それ、本当に……」

問おうとしたとたん、アスラーンは人さし指を口に当てた。

「言ってはならぬ。それは口にしてはならないことだ」

「あ……？」

「ミステリー作家の業なのかもしれぬが、それはだめだ。ここは私の閨《ねや》だからかまわぬが、確証のないことを言って、誰かの耳に入れば、よけいな敵を作るだけぞ」

「あ……、うん……」

だが、わざわざ口止めするということは、不自然なマリカ・モニールの死に、何者かが関与していたとの疑惑があるからなのではないか。

「——ともあれ、それ以来、父上は変わられてしまった。もっとも愛する女性を失ったショックで、異常なほど保身に走り……月《カマル》の力に頼るようになってしまったのだ」

スルターン・ナジャーが唯一心から愛した女性、マリカ・モニール。

いままで前王には、月《カマル》の力を持つ子供たちを盾にして身を守っていた、臆病で卑怯《ひきょう》なやつという印象しかなかったが、だが、理由を聞けば哀れな部分もある。

身分差を越えて、国の利益を度外視して、恋の熱に浮かされるように求めた最愛の女性を失い、スルターン・ナジャーは少しずつ壊れていったのかもしれない。

「誰もが父上を責めるが、私には、父の気持ちがわからぬではない。——ネシャートと娘たちとの幸せな生活を奪われたとき、私も途方に暮れた。十二年かけて築いた心休まる場所を奪われて、呆然《ぼうぜん》とするしかなかった」

「アスラーン……」

国を背負うというのは、生なかの重圧ではないはず。

心安らげる人がそばにいてくれれば、どれほど支えになるだろう。

なのに、その支えを失う。突然、わけもわからず、奪われる——その理不尽。

「大変なんだな。王族に生まれるってことは……」

しょせん志摩など、一般人にすぎない。

編集の責任など、せいぜい作家の尻を追い立てて、締め切りを守らせることくらい。

だが、アスラーンの責任は一国を治めることなのだ。民を、国を、その未来を。

そして、志摩はそんな大任を背負った男の恋人なのだ。

夜ごとに身体を重ねる関係で、一カ月の蜜月と聞いて、面倒な素振りをしながらも、心のどこかでまんざらでもないと感じている——これは間違いなく恋人だ。

王族は大変だ、などと他人事のように言っている場合ではない。

アスラーンをとり巻く者たちには、それぞれの思惑がある。

志摩の存在をうとむ者、利用しようと画策する者、そして排除しようとする者。

(俺、呑気にイチャついてる場合か……？　国家の問題だぞ、マジでこれって……！)

ごくり、と志摩は息を呑む。

喉がひりつくのは、喘いだせいではない。

「どうした？」

「いや……。明日も爺様たちが押しかけてきたら、どうしようって……」

「出かけたらどうだ？　閉じこもりっきりはよくないぞ」

「けど、まだなんにも書けてないし」

「だからこそ、気分転換が必要なんじゃないか。ハミドをつけるから、ネシャートにでも会ってくるといい」

「ネシャートさんに？」

耳に心地いい名前を聞いて、志摩は自分でも知らず、顔を輝かせた。

一度だけ会ったことがあるネシャートは、美人というより、小柄で愛らしく、もの柔らかで、そばにいるだけで心地よくなる女性だった。

アスラーンの離婚した元妻に、現在進行形の恋人が会いにいくのも、妙な話だが。

「けど、行ってもいいのか？　つきあいもない女性の家に」

「ネシャートの実家、アッ＝ディーン一族は貿易商を営んでいる。館は巨大な市《スーク》の中にあって、観光名所でもある。日用品もだが、土産物を買うにも最適だ。観光がてら行ってくるといい。私が連絡しておこう。ネシャートも娘たちも喜ぶだろう」

「へえー。市《スーク》ってのは興味があるな」

「ここで文句を言いにくる爺様たちを待っているより、よほど建設的だぞ」

「そうだな」

それに、ネシャートなら……一度は王女《アミーラ》と呼ばれた女性なら、この国を統《す》べる男のそばにいることの意味を知っているだろう。

（そうだ。ネシャートさんになら、相談できる……）

何を相談したらいいのかは、まだよくわからない。

だが……ようやく。

本当にようやく、志摩は自分の置かれた立場を、本気で考えはじめたのだ。


古都を中心に、じょじょに外へと広がっていった市《スーク》の通りは、時代ごとの変遷《へんせん》を物語るかのように入りくんだ迷路と化している。そこを掻いくぐって目的の店を探すのが、観光客の楽しみのひとつだった。

面白いことに、同じ商売の店が通りごとに軒を連ねていて、商品を見比べるのに実につごうがいい。隣あった店同士で、値引き合戦をしている様子が、垣間見《かいまみ》られたりもする。

道幅が狭いから、車は御法度。荷馬車しか入れない。

志摩は馬には乗れないから、専属SPのハミドの案内でのんびり歩いて、市《スーク》を見下ろすように建つアッ＝ディーン一族の館へと向かう。

見事な門を通り抜けると、すでにアスラーンから連絡がいっていたようで、使用人らしき男がこちらの女性は、屋外ではアバヤで全身を覆っているが、屋内に入れば、実に色鮮やかな民族衣装の姿を見せてくれる。

「アッサラーム、ネシャートさん！」

一歩、中へ入ったとたん、柔らかな声が志摩を呼ぶ。

「アッサラーム《こんにちは》、志摩様。アハラン・ワ・サハラン《いらっしゃいませ》」

中へと通してくれる。

ゆったりした上衣には、金糸をふんだんに使った繊細な刺繍が施され、髪を覆うビジャブも、西洋のスカーフふうにオシャレに巻いている。

「アスラーン様からご連絡をいただきました。私で、お話し相手になりましょうか？」

「ああ……ネシャートさん。もう救いの女神に見えます」

地獄で天使に出会った気分だ、と志摩は心底から思う。

挨拶に来る一族の髭面はすっかり見飽きたし、あからさまに志摩を邪魔者あつかいしているし、そのわりに去り際の一言は、おとなしく陛下の愛人をやってろ！　だし。

嫌われているのは承知していたが、誰も彼もうざすぎる。

元妻と、現恋人——本来なら微妙な関係なのに、ネシャートの微笑みに陰りはない。

気持ちよく迎えてもらえるだけで、ささくれていた心が軽くなる。

「迷いませんでしたか？」

「ハミドがいっしょですから。——でも、道は細いし、建物は高いし、通りにもドーム屋根があるしで、本当に迷路みたいでした」

「我が家も五階建てですよ。その上、お客様をお迎えするお部屋は屋上ですから」

説明しながらネシャートは、マフラージという来客用の部屋へと志摩を導いていく。

螺旋階段を上っていると、四方を建物で囲まれた中庭から、ネシャートの三人の娘たちの楽しげな声が、聞こえてくる。

鮮やかな南国の花々で彩られた庭で、娘たちは、噴水を巡って追いかけっこをしている。

この家族とともにすごす時間を、アスラーンはどんなに愛していたことだろう。

などと、感傷に浸っていた志摩だったが。

「実は、すでに先客がいらっしゃるのですが、志摩様もご存じの方かと思います」

ネシャートに言われて、いやな予感が脳裏を掠める。

(俺がご存じ、ってアル＝カマル一族の連中しかいないじゃないか……)

たどりついた最上階の部屋で、絨毯の上にでんと座した男の顔を見たとたん、回れ右をして帰りたくなってしまった。

「何しに来た、志摩？」

どんなときでも詰問《きつもん》調の男、ラヒムである。

「えーと、なんで……ラヒム殿下が、ネシャートさんのご実家に？」

「いけないか？　私の息子は、姉上の末娘の婚約者だ。家族ぐるみのつきあいだぞ」

「息子？　あ、じゃあ、それ……」

思わず、『それ』なんて言ってしまったが、胡座《あぐら》をかいたラヒムの膝の上には、ミニチュア版というか、ちびキャラのラヒムが乗っかっている。

「俺の息子のアミンだ。三歳になったばかりだが、強そうだろう」

なるほど。ラヒムそっくりのつり上がった目元が、三つ子の魂《たましい》とやらを物語っている。

「はあ……。お父上によく似てますね」

「だろう。自慢の息子だ。俺に似ているということは、兄上にも似ているのだ」

それがどうした？　とは思うのだが、三男のラヒムにとって、兄よりさきに息子を授かったのが単純に自慢なのだろう。

「まったく、姉上も離婚などと早まったことを……。次はきっと男子を授かったはず」

「もうすんだことです。——それに、私の身体では、もう子は産めません」

「そこを頑張らねば！　我が息子も、どうせ婚約するなら、元皇太子妃の娘より、現王妃《マリカ》の娘のほうが、いいに決まっている！」

ギョッとすることを、ラヒムはネシャートに向かって力説する。

だが、結婚が契約であるこの国で、嫁になる娘の身分は、高ければ高いほうがいいのは当然で、ネシャートもラヒムの言葉に傷つく様子もない。

「ラヒム様、娘たちがはしゃぎすぎております。奥様が困っておいでのようですし、行ってさしあげたらどうですか？」

ラヒムとのバッティングで度肝を抜かれた志摩を気遣ってか、ネシャートがやんわりと理由をつけて追い出してくれる。

もっとも、ラヒムのほうは邪険にされたとは毛ほども感じていないらしく、息子のアミンを荷物のように小脇に抱えて、部屋をあとにする。

「奥様、って……？」

と、中庭を覗き込めば、ネシャートの三人の娘たちが、いつの間にか現れた女性にまとわりついているのが見える。ずいぶん若い。まだ十代ではないだろうか。

「こちらは、やはり結婚年齢も早いんですね。——確か、サイード殿下にも、ずいぶん大きなお子さんがいらしたはず」

「こちらでは普通ですのよ。——どうぞ、志摩様。ミントチャイです」

志摩が腰を下ろしたのを見計らって、ネシャートがチャイを勧めてくれる。

こちらのティーセットは、受け皿もカップもガラス製が多い。

ありがたく受けとって、たっぷりと砂糖の入ったチャイで、喉を潤す。少々甘すぎはするが、さわやかなミントの香りにつられて、ついつい口が軽くなる。

「ラヒム殿下にしても、悪気はないのはわかるんですが、アル＝カマル一族の押しの強さには、閉口しませんか？」

「お気になさいますな。ラヒム様は身体だけ大きな子供なのです。長兄のアスラーン様にあこがれて、真似っこしている、可愛い子供です」

「はあぁー。あなたはお心が広い。あれを『可愛い』ですませられるんだから」

「それはそうですわ。義理の弟だったのですから。離婚したいまも、私を姉として慕ってくださっています。――よくアミン坊やを連れて遊びにきてくださいます。この子は姉上のお子です、と言ってくださって」

ネシャートは、理想の王妃《マリカ》にはなれなかったが、すばらしい妻ではあった。

三人の娘をもうけて、それだけでじゅうぶんなはずなのに。

早く王子を！　と責められ続けて十二年――もうこれ以上は耐えられないと、離婚を選んだ彼女を、誰が責められるだろう。

別れてよかったのかもしれない。アスラーンと別れることで、ようやくネシャートは、穏やかな人生をとり戻せたのだから。

こうして、寂しい志摩の心配ができるほど、いまは心穏やかにいられるのだから。

「そういえば……お訊きしたかったんですが」

「はい」

「ナーゼル殿下って、どんな方です？」

「ナーゼル様、ですか？」

「ええ。アル＝カマル一族で、おとなしい、って評価がなんかピンとこなくて」

「そうですね、穏やかな方ですが、しっかりしたご意見をお持ちですし――ええ、私も、おとなしい方だとは思いません。頼りになる方です。私も、いちばんつらかった時期に、相談に乗っていただきました」

「相談……って？」

そこで、ネシャートはしばし逡巡したが、意を決したように小さく告げた。

「私……二度、流産しているのです」

彼女にとって、もっともつらい事実を。

「え……？」

「きっと、産んであげられなかった子が、男の子だったのでしょう」

二度の流産――それは志摩も初耳だった。

だが、女の子は三人とも無事に生まれている。ならば、流れてしまった子供は男子だったのではないか、と考えたとしても不思議はない。

「……周囲に責められていたとき、ナーゼル様が、それを否定してくださいました」

ただひとりナーゼル様だけが、とネシャートは言う。

――皆が言うように、国母《こくも》になろうなどという野望など、あなたにあるはずもないのに。

だから、周囲の言葉など気になさいますな、と慰めてくれたのだと。

「それは……？」

「当時、そういう噂が立っていたのです。――もう、私には妊娠は望めないのに、それでも国母になりたくて、アスラーン殿下にしがみついている女だと。そのうち妊娠を偽装するのではないか、とまで」

そんな悪意に満ちた噂を、だが、ネシャートは否定しきれない立場にあった。

まさに、彼女の実家、アッ＝ディーン家の野望そのものだったから。

娘を皇太子に嫁がせた以上、なんとしても男子をもうけて、次代のスルターンとなす――それこそ一族繁栄の道なのだから。

ネシャートがどれほど違うと言っても、周囲はその言葉をねじ曲げる。

貪欲な女だ、と。

それほど国母になりたいか、と。

もう男子は望めないのに、王妃《マリカ》の地位を欲する女。

国母になることへの執着を捨てきれない、哀れな女。

だが、そんな歪んだ野望のために、アスラーンにしがみついていると思われるのは、本意ではない――と、それが彼女の心に伸しかかっていたもっとも大きな憂《うれ》いで、離婚を決意させる原因になったのだ、と吹っきれた表情でネシャートは語る。

「私がアスラーン様のためにならないことを、どうして考えましょう？」

「それで……離婚を？　ナーゼル殿下に説得されて？」

「いいえ。あの方は、他の者たちのように、説得などはなさいませんでした。——ただ気づかせてくださっただけです。我が夫には、まだ再婚の道が残されていることを」

「そんなことっ……！」

気づかせるなよ、無理やり！　と志摩は湧き上がる怒りが抑えきれない。

アスラーンがネシャートを責めるはずはない。男子は授からなくても、皇太子は弟たちから選べばいいのだ——と傷心の妻にそう言い続けていたはず。

なのに、アスラーンが優しい夫であればあるほど、ネシャートが負い目を感じるようなことを、ナーゼルはわざわざ気づかせた。

（あの野郎っ……！）

心配するふうを装って、ネシャートの身体を気遣いながら、アスラーンの立場と責務をさりげなく強調し——このまま夫婦でいればどちらも不幸になる、と遠回しにささやき続ければ、ネシャートの気持ちが離婚へと傾いても不思議ではない。

「ネシャート！」

唐突に、中庭からラヒムの声が、響き上がってくる。

何か困った様子で、アラビア語でまくし立てている。

「あらあら、ラヒム様が、姫たちに手を焼いてらっしゃるわ。ちょっと行ってきます」

言って、ネシャートは立ち上がり、娘たちを連れにいく。

扉の向こうに消えていった姿につられて、志摩は立ち上がり、中庭を覗き込む。

ネシャートにつらい話をさせてしまい、そろそろ暇乞《いとまご》いをするか、と思っていた志摩だったが、もうしばらくこの雰囲気に浸っていることにした。

このあたりの建築様式なのだろう。外から見ると白い漆喰の壁ばかりなのに、内部には色彩豊かな紋様が描かれ、床はモザイクタイルが敷き詰められ、中庭には緑の葉をいっぱいに茂らせた樹木や、鮮やかな南国の花々が咲き誇っている。

やがて、階段を下りていったネシャートが姿を現した。

光溢れる箱庭のような風景の中、子供たちに囲まれたラヒムとその妻に向かって、ネシャートが屈託なく微笑みながら歩み寄っていく。

ふと、ラヒムの姿がアスラーンに重なって見えて、志摩は目をしばたたく。

確かに、外見だけならよく似たふたりだ。そこにアスラーンがいるかのように錯覚しても、さほど奇妙なことではないだろう。

見ているうちに、それは志摩の想像の翼を刺激して、夢ともうつつとも知れぬ幻視を生み出していく。

——それは、ひとつの可能性の未来だ。

アスラーンがその気になりさえすれば、手に入れることのできるもの。

ネシャートと、三人の娘といっしょに庭を散策するアスラーン。

長女と次女が上着《ビシュト》をつかみ、アスラーンは末の娘を抱き上げている。隣からネシャートが、嬉しそうにそれを見つめている。

それは、いつか見た優しい家族の図だ。

そこに新たな妻を加えてみる。

若くて元気で健康な女性がいい。古い因習を引きずっていない、豊かなバハールしか知らない少女のごとき幼妻。ネシャートとは正反対のタイプがいい。ふたりの女のあいだに無用な嫉妬が生まれないように、姉と妹になれるほど違うほうがいい。

そうしたらきっと新たな妻も、以前の家族の中に、不自然なく溶け込める。

ちょっと不思議で、でも、決してありえないわけではない――家族の形。

それを完璧にするのは、全員の先頭に立ち、まだどこか危うい脚で駆けていく、小さな……。

「あ……？」

唐突に、志摩は我に返る。

（帰らなきゃ！）

湧き上がる衝動のままに部屋から飛び出し、ＳＰたちが慌てて追いかけてくるのも意に介さず、足早に階段を駆け下りる。驚き顔のネシャートに、お義理の別れの言葉を告げて館を辞する。

（いま書かなければ……！）

脳裏に浮かんだものが消えないようにと祈りながら、帰途を急いだのだ。


「………志摩、……志摩……？」

深い靄《もや》の向こうから、どこかで誰かが呼んでいる。

「どうした志摩、聞こえないのか？　何を書いている？」

何度目かのそれで、茫洋《ぼうよう》と創造の中にたゆたっていた志摩の視界に、ゆっくりと現実の世界が戻ってくる。ここは天上の宮殿《ジャンナ・アル・カスル》の自室だ。ネシャートの実家からどうやって戻ってきたのかと考えても、明確な記憶がない。

「……え……？」

振り仰いださき、アスラーンが感心したふうに、でも、どこか呆れたふうに、志摩の手元を見下ろしている。

「ずいぶん熱心だな。何度も呼んだのだぞ。新しい小説の構想が浮かんだのか？」

帰途の記憶はないが、理由は覚えている。とにかく書かねば、と思ったのだ。自分のノートパソコンの前に陣どって、志摩は一心不乱で指を動かしていた。

窓の外はすっかり宵闇《よいやみ》の色に染まっている。それでなくても、アスラーンが仕事から戻っている以上、夜に決まっている。

ネシャートの家を辞したのは昼間——そのあと、いままでずっとパソコンに向かい続けていたらしい。それほど夢中で何を書いていたのかと、ディスプレイに打ち出した文字を、のろりと見た志摩は、ああ……、と納得にうなずく。

「アスラーン……あんたさあ、本気で再婚、考えてみたらどう？」

「何？」

「だって、それが似合うよ。——あんたは、スルターンである前に、家族に囲まれた、いい父親の図が似合う」

自分が書いていた文章を読み直して、胸を突かれるように、思い知る。

これこそが、もっとも美しい家族の姿。

偽りでもない。あきらめでもない。志摩が考える理想的な形なのだと。

「あんたと新しい妻。ときどきそこに、ネシャートさんと、三人の娘が加わる。そして、先頭を切って駆けていくのは、まだ幼いひとり息子だ」

志摩が書いていたのは、そんな情景だった——ネシャートの家の中庭で見た幻視の風景。

愛する者たちに囲まれながら、オアシスの岸辺をゆったりと歩く、スルターン・アスラーンの父親としての姿。

「あんたは優しい夫だし、いい父親なんだ」

「志摩？」

何を言っているのだ、とアスラーンは志摩の隣に座り込む。

その気配を嬉しく感じながらも、一方で、不自然だとも志摩は感じてしまう。

「俺さ……自分が結婚することが、想像できないんだ」

ぽつ、と思いつくままに呟く。

自分が家庭を持つとすれば、相手は同じほどに皮肉屋で計算高い女か、それでなければ、お仕着せの見合い結婚で、無難な妻の座を欲しがっている女だろう。

情熱的な恋愛結婚というのが、どうしても想像できない。

「家に帰ると妻の家庭料理が待っていたりとか、ガキを連れて家庭サービスしたりとか、そういうのがまったく、俺は想像できない。——ってか、ぶっちゃけ無理だし」

望みがないというより、親になった自分を考えることが、できないのだ。

「でもって、気楽な独身ライフをすごしているあいだに、周りはどんどん家庭を持っていって、気がつくと、年老いた自分が独りで残ってるんだ」

薄昏い将来図だが、それ以外の何がある。

若いときに好き勝手をやった結果は、いやでもいつか自分に跳ね返ってくる。ぼんやりとだが、いつか自分が、孤独の中で最期を迎えるだろうことが、志摩にはわかる。

それが自覚できるくらいには、認識力があるのが、残念でならない。

「俺は父親になんかなれない。家庭なんか面倒だし、子供も好きじゃない。自炊はそこそこできるから、お袋の味を気どってる女の手料理なんか、食いたくもない」

掃除も洗濯も——家事一般に関して、そのへんの女よりよほど能率的にこなせる自覚がありすぎて、志摩はぽりぽりと頭を掻く。

「けど……あんたには家庭が似合う。理想的な為政者と、立派な父親の姿、どっちも似合う男なんて、そうはいないし……」

「おまえ、本気で言っているのか？」

「本気だよ。だって、あんたには……」

「私の話ではない。おまえ自身の話だ。孤独に死んでいくと、本気で思っているのか？」

「まあ、俺みたいな小者の最期は、その程度かなって」

色々と悟りすぎとも思うが、人生なんてそんなものだ。

願って、望んで、欺《あざむ》いて、他人を小馬鹿にし続けた者の死が、孤独でないわけがない。

そんな志摩を、アスラーンはしばし黙ったまま見つめていた。

「自覚してないのか？　——おまえ、泣いているぞ」

「え？」

何を言ってる？　俺が泣くなんて、と志摩は自分の頬に指を当てて、呆然とする。

（……涙……？）

指先にぬるく触れるそれは、涙でしかない。

見開いた瞳にも、雨の日の窓ガラスのような紗がかかっていて、自分を覗き込んでいるアスラーンの顔が、ぼんやりと滲《にじ》んでいる。

「なんだろ、これ……？」

書くことにのめり込むことさえ、めったにない。

寝食を忘れて、創造の世界に没頭するという経験をしたのは、ついさきごろ。

この砂漠の国の厳しさを自ら味わって初めて、とことん追い詰められたさきに、知った。

「初めてだ……俺。こんなの……」

なのに、このところ志摩の感情は、少しばかりたがが外れているようだ。

「こんな……自分の文章の情景がきれいすぎるからって、泣く、なんて……」

家族に囲まれて、泉の端をそぞろ歩くアスラーンの姿が、あまりに美しく脳裏に焼きついて、それを穢《けが》すことが許せない——そんな自虐《じぎゃく》的な気持ちで胸が締めつけられる。

「あんたは……家族に囲まれているほうが、ずっといい……。きっと、ずっと幸せになれる」

それは強迫観念となって、じわじわと志摩の思考を侵していく。

その穏やかな図を邪魔しているのは、誰でもない、志摩自身なのだ。それさえなければ、完璧な一枚の絵が完成するのに。

「私の幸せを、おまえが決めるな」

だが、志摩の想いに対する、アスラーンの答えは、ただ厳しい。

「私は、誰からも愛されて、愛するすべての者に囲まれて、満足した人生を終える。まだやり残したことがある、と少々残念に感じながらも、きっと満たされて逝ける——そのために、毎日を精一杯生きてるのだ。だから、自分の幸せは自分で決める」

最後の最後に、後悔をしないために。

すべてを振り返って、満足だと感じるために。

いま信じることをやり通す——それがアスラーンの生き方。

惰性《だせい》で生きてきた志摩とは、対極にある男。

「だが、おまえは、それが心地いいのか?」

だから、切り込む口調は、どこまでも鋭い。

「めそめそと泣いて、私の幸せを考えるふりをして、だが、結局のところ、向かいあうことから、戦うことから、困難な道から、逃げているだけではないか」

その圧倒的な強さを武器に、他者を断じる。

凡庸《ぼんよう》な男の生きざまを、否定するのではなく、それがいいのかと問いかけてくる。

誰にでもない、志摩本人に——それで満足か? と。

「おまえが描いた家族の図を、絵空事というのだ。私とネシャートが、何も語らず、何も考えず、何も悩まず、離婚を決意したと思っているのか？　冗談ではない。おまえが考えた一億倍は考えて、考えて、考え抜いた結論だ。それをくつがえすことはない！」

その意志、その決心、その覚悟――どれひとつに対しても、志摩は言い返すことができない。

「いいか、決してだ！　私が私であるかぎり、ありえない！」

絶対の自信を持って、アスラーンは立ち上がる。

志摩を見下ろす双眸には、怒りより哀れみの色がある。

「そこまで、最低の予防線を張らないと、おまえは安心できないのか？　期待を裏切られるのが、そんなにいやか。恐ろしいか？」

「え……？」

「素直になれずに突っ張っているおまえは可愛いが、よけいなお世話で自虐に浸っているおまえは鬱陶しい。何より、私が選んだ生き方を否定する物言いは、私に対して失礼にすぎる！」

「…………！」

おざなりに人の幸せを考えて、それが最良だなんて決めつけるなと――あまりにまっとうすぎる怒りに、志摩は声をなくす。

「それが私の幸福だと信じるなら、いつでも帰ってかまわない。いっしょに戦えとは言わないが、守ってくれとすがれもしないのなら、そばに置いておくことはできぬ」

ガン、と鋼鉄のハンマーで、後頭部を殴られたかと思った。

いつ帰ってもいい。

そばには置けない。

それは、恋人としての最終宣告だ。

何をしてもアスラーンは、独特の傲慢さで、自分の意見を押しとおすのだと思っていた。

「最期に失望したくないから、手抜きで生きているのは、さぞや楽なのだろうな」

言い放つなり、クフィーヤを翻し背を向ける。

そのまま悠然と——まるで獲物を追い詰めた獅子のごとく部屋を出ていくアスラーンを、志摩は止めることができない。呆然とその場にしゃがみ込んでいるだけだ。

「怒らせた、のか……?」

いや、失望させた。呆れられた。見捨てられた。

初めて真剣にアスラーンのことを考えて、そして、ばっさりと切り捨てられた。

最後に放たれた言葉が、ガンガンと耳奥に響いている。

——手抜きで生きているのは、さぞや楽なのだろうな
痛い……なんて痛い言葉なのだろう。

5

赤茶けた大地の中から、自然の造形ではない円筒形の柱が、斜めに突き出している。

もとは物見の塔だったのだろうか。大半は欠け落ち、周囲には城壁だったものの残骸が、ほとんど朽《く》ち果てるがままに放置されている。

なんとか形をとどめている二メートルほどの高さの壁によじ登り、日除けのクフィーヤを乾いた風になびかせて、志摩《しま》は茫漠《ぼうばく》と続く風景に見入る。

昨夜からアスラーンと話をしていない。

閨《ねや》もともにしなかったし、朝は王宮からの迎えのヘリコプターのプロペラ音で目が覚めたくらいで、顔すら合わせていない。

本格的に怒らせてしまったらしい。いや、呆《あき》れられたというほうが正しいか。

宮殿にこもっていると鬱々《うつうつ》としてしまうし、明日にでも帰国という話になるかもしれないから、いっそ史跡巡りでもしようかと、ハミドの案内で近場の遺跡を見て回っているのだ。

「ここは、どれくらい前のなんだ?」

壁の下で警備に立つハミドに声をかける。

「さあ、千年ほど前のものでしょうか。昔はオアシスがあったものの、いつしか水が涸れ、それとともに街も放棄されたのでしょう。まだすっかり砂に呑み込まれているわけではありませんが、ここまで荒れ果てては、植物は育ちません」

「ふうん……」

ふと、陽炎《かげろう》の中、ぽつんと黒い点が揺れているのに、気づいた。

近づくにつれて、騎馬の影だとわかる。ベドウィンだろうかと目を凝《こ》らすが、遠すぎてよくわからない。

「あれは、ナーゼル殿下ですね」

ハミドがさきに気づいて、名を告げる。砂漠生まれの彼は視力がいい。

志摩の目には、輪郭がつかめるようになってもまだ、揺れている影にしか見えないが。

黒毛の馬に、黒ずくめの衣装——なるほど、ナーゼルか、と理解する。

「なんでナーゼル殿下は、いつも黒ずくめなんだ?」

「あれは殿下の母方、アル＝ハリーブ一族の衣装です」

「母親って……スルターン・ナジャーの二番目の奥さんだよね。マリカ・ザフラーだっけ」

「はい」

と、返事をしたきり、ハミドは口をつぐんでしまった。

日本語を解するという理由で、天上の宮殿《ジャンナ・アル・カスル》に初めて志摩が足を踏み入れたときから、専属のSPに指名され、ずっと行動をともにしてきたハミドは、もっとも気易い友人でもある。

志摩が知らないこの国のあれこれを——風習や歴史や、アル＝カマル一族のことや、王族の責務についてまでも、色々と教えてくれる。

なのに、そのハミドが、これ以上その話はできないとばかりに、うつむいてしまった。

（あらら……。困らせちゃったか）

つまり、二番目の妻マリカ・ザフラーのことは、うっかり口にできないことなのだ。

アスラーンにも、父親の三番目の妻マリカ・モニールの不自然な死について問いかけたときに、それ以上は口にしてはいけないと、忠告されたが。

マリカ・モニールの死に何者かが関与しているとすれば、もっとも疑われるのは、彼女の出現で王妃《マリカ》の座を追われることになった、二番目の妻マリカ・ザフラーか、その関係者だろう。

（俺は、そのあたりのことを、最初にラヒムスピーカーから聞かされたからなぁ）

当然だがラヒムが、自分の母親の悪口など言うわけもなく。

やたらと褒め称える言葉ばかり耳にしたせいか、こんなふうに沈黙を守らなければいけない話だとは、思ってもいなかった。

「サイード殿下の母親以外は、みんな政略結婚だったんだよな」

ハミドの答えはないと知りつつ、志摩は独りごちた。

結婚をすべて契約と割りきっているなら、相応の慰謝料をもらえば離婚に不満を唱《とな》えることもないはず。そのために、夫が妻に支払う婚資金《マフル》という制度があるのだし。王族となれば、それは莫大《ばくだい》な額におよぶ。アスラーンはネシャートとの離婚のさいに、油田を贈与したほどだ。

だが、夫婦の関係は、本当に契約だけで解決するものだろうか。

たとえ政略結婚だろうと、ともに暮らしていれば、なんらかの情は湧くだろう。

もしも、妻の心に夫への情愛が芽生えたあと、他に愛する女性がいるからという理由で、夫から離婚を言い渡されたとしたら、妻の心に宿るのはなんだろう。

嫉妬《しっと》、悔恨《かいこん》、憎悪……いきつくさきは復讐。

とはいえ、胸のうちにどれほどの怨嗟《えんさ》を溜め込んでも、我慢するしかない。

復讐なんて、頭の中で想像するのが、精一杯。実行などできない……普通なら。

だが、それができてしまう者がいる。

たとえば、王妃《マリカ》と呼ばれる立場にいる者。

直接にマリカ・ザフラーが何かをしたとか、命じたとかではなく、彼女の嘆きは周囲に波紋を広げたはず。それは彼女に仕えている者たちにとっても、屈辱極まりない出来事だったはずなのだから。

そして、ついに我慢しきれなくなった、誰かが——……。

（なんて、ミステリー作家にありがちな妄想って言われれば、それまでだけど……）

とはいえ、人の口に戸は立てられず、だ。噂を止めることはできない。

しょせん人間は、他人の不幸は蜜の味、と感じられるゴシップ好きの生きものなのだ。

志摩は目を細めて、陽炎の中、じょじょに近づいてくる騎馬の影を見つめる。

(あの殿下は、何を考えてるんだろう……?)

アル＝カマル一族でただひとり、おとなしいという評価をもらっている男。

そして、第二王子でありながら、母方の民族衣装を身にまとっている男。

黒いクフィーヤ、黒い上着《ビシュト》、黒毛のアラブ馬——どこまでも黒ずくめのアミール。

馬の足どりに合わせて揺れる母方の一族の衣装は、王族としての権力を放棄するという証《あかし》なのだろうか。それとも、自分はアル＝ハリーブ一族の者だという、アル＝カマル一族に対する無言の主張なのだろうか。

クフィーヤが描く濃い影の下、切れ長の目は、今日も静かに凪《な》いでいる。

「こちらでしたか、志摩様。お探ししました」

ようやく志摩が座っている城壁の前で、騎馬を止めたナーゼルが、問いかけてくる。

「天上の宮殿《ジャンナ・アル・カスル》に参ったのですが、お出かけだと聞きましたので」

「へえ? 俺に何か用?」

わざわざこんなところへ、何しに来たのかと思えば。

「陛下がご機嫌斜めなのは、なぜですか?」

問いに問いで返された。

それも、ずいぶんと明後日な質問だ。

「何それ？」

「怒れる獅子が王宮内を徘徊《はいかい》しているようで、重臣たちがほとほと困り果てております。どこのバカがスルターンの逆鱗《げきりん》に触れたのだ、と。——で、私が皆の名代《みょうだい》で参りました。陛下と喧嘩でもなさいましたか？」

いきなり直球をぶつけられて、心当たりがありすぎる志摩は、ごにょごにょと言葉を濁す。

「ああー、まあ……ちょっと口喧嘩をね……」

「ちょっと、ですか？　明らかに、政務に影響が出ておられるのですが」

「えー？　公の場で、そんな気配を出す人じゃないだろ」

「あなたはまだ、陛下をご理解しておられぬ。こと恋に関しては、すさまじく情熱的な方です。一週間後には、バハール首長国の主立った部族の首長が集《つど》う、会議がございます。せめてそれまでには、いつもの陛下にお戻りいただかないと困ります」

「けど、俺に言われても……」

「あなた様以外に、原因があるとは思えません」

まあ、そうなんだけど。そこまで決めつけなくても、と志摩は姑息に責任転嫁に出る。

「そういえば、皇太子問題も悩みのタネだったから、そっちで苛ついてるんじゃないの？　第一候補が気に入らないみたいだし」

「問題をすり替えますな。——ともあれ、兄上をなんとかしてくださいませんと、色々と面倒なことになりましょう」

「……っても、これ以上の面倒ってありか？」

あれもこれもと押しつけられては困る。志摩はむしろ、アスラーンの反抗期に巻き込まれて、いまの関係に陥《おちい》ったのだから。

そして、アスラーンを暴挙に走らせたのは、ネシャートとの離婚劇で。

悪いのは、ネシャートに離婚を強《し》いた者たち――そしてまた、それこそがアスラーンのためだと彼女の良心に訴えた者。

だとしたら、アスラーンを怒れる獅子にした、そもそもの元凶は……。

(あんただよ、ナーゼル殿下っ！)

すべての責任を志摩に被せて、自分は危険のおよばないところで涼しい顔をして、あまつさえ忠告にやってくるとは、図々しいにもほどがある。

「――では、ご忠告はいたしましたので」

手綱《たづな》を引いて轡《くつわ》を返すナーゼルを、おい、と志摩は横柄《おうへい》に呼び止める。

振り返った男に、こちらも直球でと、ずばりと切り出した。

「あのさ、ネシャートさんに聞いたんだけど、彼女に離婚を勧めたのは、あなただって？」

だが、憎たらしいほどナーゼルの表情には、変化がない。

「はい」

「認めるんだ」

「宮廷医がそう申しておりましたので。――お身体の負担になるばかりなのに、一族の者どもは、努力ではどうにもならないことで、ネシャート様をお責めになる。ならば、離婚もひとつの方策ではないかと」

「へえー、宮廷医がね」

「何より大切なのは、ネシャート様のお身体です」

「まあ、そうだけど。せっかく円満家庭を築いたのに、離婚を強いられたアスラーンの気持ちは、考えなかったわけ？」

「おや、ご存じありませんか？　そもそも兄上は、ネシャート様との政略結婚には、二の足を踏まれておいででした。――最初のころは、ネシャート様がお気の毒に思えるほど、拒まれてらしたのです」

「ああ……そうだったな」

十二年前、ネシャートとの結婚を拒んだアスラーンは、気に入った美女たちを天上の宮殿《ジャンナ・アル・カスル》の後宮に侍《はべ》らせて、反抗したのだった。

「けど、それは、周囲に決められた結婚だったからだろう。――政略結婚って考えが、日本人の俺にはもう、前世紀の遺物って感じ」

「バハール首長国は、前世紀どころか紀元前からの風習を残している国です。――結婚は、すなわち家同士の契約です。一族の繁栄に必要なこと。男子を授かるために再婚するという考えは、我らには当たり前のこと。ましてや、兄上は国の長、男子をもうけるのは責務です」

ナーゼルは日本からの客人のために、あくまで穏やかに語る。

（なんだ、こいつ……？）

だが、それが志摩の耳には、ひどく不快に聞こえた。

――宮廷医は。

――そもそも兄上は。

――バハール首長国は。

質問に答えているようでいて、その実、どれもナーゼル自身の意見ではない。

意識してこれをやっているとすれば、ずいぶんと小賢《こざか》しい。

ならば、イヤミ含みのおべっかは通じるだろうか、と志摩はあえて皮肉な物言いをする。

「ふうん……。ナーゼル殿下は、日本語がお上手ですね。見事に言葉を操られる」

「私だけではありません。そもそもアル＝カマル一族は、商人です。商売相手と会話ができなければ、仕事がなりたちませぬ」

だが、答えはやはり志摩が思ったとおりだ。

（ほらな、今度は、アル＝カマル一族は、ときた）

そういえば、わざわざここまでやってきたのも、重臣たちの名代としてだった。

何を言うにしても、あくまで他人の意見を代弁しているだけという形をとっている。

これはどう考えても、意識して言葉をつくろっているとしか思えない。

（いや、俺だから、そう思うのか……？）

たったこれだけの会話で、何か裏があると考えるのは、ひねくれ者と自負する志摩の性格ゆえかもしれない。

自分なら、こんな空々しい作り笑顔で、こういう物言いをするときには、こんな下心がある、と想像してしまうから。

（もしかしたら、計算とかじゃなく、これが素の顔ってこともあるのか？）

ナーゼルの薄笑いを前に、志摩は自問自答する。

三十年の経験で、単なる考えすぎの場合もあるのは、わかっている。

学生時代は、よく失敗した。俗に、中二病とでもいうのだろうか。

裏のない人間などいない、と訳知り顔を気どるほどに、狡猾《こうかつ》だった少年時代。

だが、それも結局、自分を基準に想像できる範囲の下心でしかなかったが——そんな当たり前のことに気づけない程度の、自惚《うぬぼ》れでしかなかった。

しょせん、人《ひと》は他人の心の裏の裏まで、見透かすことはできないのだから。

それでもいまの志摩は、たとえば相葉卓斗《あいばたくと》みたいに素直が服を着ているような青年を前にして、それまでの価値観が崩壊したときに、井の中の蛙《かわず》だった自分の愚かさを反省できるくらいには、賢くなっている。

「では、失礼いたします。ご忠告はいたしましたので……」

志摩があれこれと分析しているあいだに、ナーゼルは手綱を振るって、その場をあとにした。

引き際も見事。必要最小限の会話で、役目を終えて去っていく黒い背中を見つめながら、志摩は結論づける。

自分の思い過ごしも何もかも考えあわせても、やはりナーゼルはどこか変だ、と。

「ハミド、月の力《カマル》って、人のうそを嗅《か》ぎ分けるんだったよな」

ナーゼルがいたあいだ、話の邪魔になるまいと遺跡の陰に身を隠していたハミドに、志摩は問いかける。

はい、と姿を現したハミドが、今度は明確に答える。

話題がマリカ・ザフラーから離れたことで、どこか安堵《あんど》した様子だ。

「人が発する好悪の感情を見極める力、と聞いております。力にも優劣がありますので、大半は、うそをついた人間からいやな匂いがする程度だと」

「あんたらSPは、常に王族のそばにいるんだから、大変だよな。うっかりうそもつけないってことだから」

「はい。——ですが、我らは、月の力《カマル》を欺《あざむ》く訓練を受けておりますので」

「へえー、どうやるの?」

「簡単です。事実のみを語る。よけいなことは口にしない。――そもそもSPとは、そういう仕事ですので」

「そっか。やっぱりそういうことなんだ」

だとしたら、ナーゼルは、見事にSPたちの方法を実践している。

こちらの王族は皆、よく日本語を解する。それでも外国語だからか、アル＝カマル一族の性質だからか、直接的な物言いが多い。上手い下手はともかく、わかりやすい。

ラヒムなどその典型だが、赤ペンで校正さえ入れれば、本音は丸見えになる。

なのに、ナーゼルだけは、校正の必要もないが、本音も見えない。

会話には応じるのだから、人見知りなわけではない。おとなしい、というほどに無口なわけでもない。ただ、話の内容からナーゼルという男の個性が見えてこないのだ。

腹の探りあいをしているというより、腹の中を探られまいとして、あえて婉曲《えんきょく》な表現を選んでいる、そんな感じがする。

ほんの二度ほど口を利いただけでそう断じるのも早計だが、自分の主張をあえてさける人間は信用しないにかぎる、というのが志摩の経験からくるモットーだった。

「ナーゼル殿下……あれはうそつきだな」

「は？」

「俺のことも、認めてくれてるみたいなことも言うけど。あれだって、アスラーンが俺に夢中でいるほうが、つごうがいいからだ。——時間稼ぎができるからな」

「時間稼ぎ、ですか？」

「アスラーンの性格で、ネシャートさんと離婚してすぐに新たな結婚話を持ち込まれて、受けると思うか？」

「……それは無理かと。陛下は情の深い方ですし、ネシャート様が落ち着かれるまで待つのではないでしょうか。それに、実質的に、就任直後のこの多忙な時期に、再婚のことまでは考えられないと思います」

「そう。みんなそう考える。アスラーンが国王として盤石《ばんじゃく》な地位を築くまでは待とう、と。けど、そのあいだに、手近な女……たとえば侍女とかに手を出されても困る。身分が大事らしいからな。それならいっそ、男の俺のほうがまだマシなんだろうよ」

間違っても子供ができる心配のないものを、与えておく。

そうやって時間稼ぎをしているあいだに、王妃《マリカ》にふさわしい身分と、容姿と、知性と、多産の家系の女性を厳選することができる。

それが、アル＝カマル一族の総意。

だからこそ、志摩は文句を言われながらも、一族の者たちに無視はされないのだ。

（……で、たぶんナーゼルの本音も、それっぽいんだよな）

志摩は頭の中で、ナーゼルのセリフを、ひとつひとつ思い返してみる。

——ましてや、兄上は国の長、男子をもうけるのは責務です。
さきほどのあれは、ナーゼル自身の考えだ。
同じことを、出会ったときにも聞いたような、と記憶を探る。
——たとえ皇太子となっても、王子誕生と同時に身を引く所存。
代理ならば、皇太子を引き受けてもいいと。
アスラーンに男子が生まれれば、自分は身を引くと。
あれはうそではないし、一族の意見でもない。ナーゼル自身の考えだ。
(けど、なんでだろう? それがナーゼルにとって、どんな利益があるんだ?)
もしかして、意外と野望はないのだろうか、と志摩は首を傾げる。
むしろ王家の者の矜持《きょうじ》として、長子継承の伝統を揺るぎないものにしたいだけとか。
もともと志摩は、人は誰も利益を求めて行動するものと、思っているが。
だが、利益は人によって違う。
純粋に楽しみだけで満足する者もいれば。
すさまじく残酷に、他人を踏みつけにして喜ぶ者もいる。
志摩はとにかく、才能、名誉、知名度を求める俗物だと、自認している。
そのせいか、無欲な人間とやらの心理が理解できない。
世俗を離れて趣味に浸る、風流人の心はさっぱりわからない。

（ナーゼルは、見かけだけなら風流人っぽくはあるけど……無欲には見えないな）

だとしたら、人を手のひらの上で泳がせて、それを見ているのが楽しいという、傍観者的策士だろうか——と考えれば、理解できなくはない。

志摩にアスラーンのご機嫌とりを頼みにきたのも、ここでまた怒れる獅子を追い詰めて、身分も立場も王妃《マリカ》にふさわしくない女を囲われたりしたら、よけいに面倒なことになるから。

もしも妊娠でもさせたら——その子供が男子だったら。

それは間違いなく、次の皇太子だ。

ナーゼルのいちばんの懸念《けねん》は、それなのだろう、とは思う。

必要なのは、アスラーンを説得するための時間、そしてまた、一族の中から新たな花嫁を厳選する時間。志摩の存在など、そのあいだの場繋ぎでしかないのだろう、ナーゼルには。

「ま、そんなもんだよな」

よっこらしょ、と志摩は腰を上げる。

悠久のときを刻んだ遺跡の上に立ち、赤褐色の大地をみはるかす。

「俺なんて……アスラーンに新たな花嫁を迎えさせるまでの、繋ぎでしかない」

「志摩様」

「いいんだよ。それは本当だし。——それぞれに思惑があっていいんだ」

誰だって、自分の幸福に直結する道を考える。

ラヒムは、アスラーンとネシャートが復縁してくれることを。

ナーゼルは、一族の総意として、新たな王妃《マリカ》による男子の誕生を。

アスラーンはいまのところ、志摩との蜜月を楽しむのが第一のようだ。

砂漠しかないこの国——どれほど石油の恩恵を受けていようが、やはり周囲に目を向ければ、そこには茫漠とした砂の海が広がるだけ。

一滴の水を奪いあい、緑の地を求めて、ひたすら歩き続けてきた、悠久の日々。

この世界にいて、明確な目的も意志もなく生きていけるだろうか。

何かを欲して、どこかを目指して、ひたすらあがいて、誰もが必死に生きてきた。

(……けど、俺は?)

アスラーンの将来を、アスラーンの幸せを、どんな形で考えているのだろう。

ずっと、逃げていた。まっ向から見つけることを、さけてきた。

ただアスラーンの情熱に流されて、断るに断れずに恋人の立場に居続けてはいるが、このさきもずっとともに暮らすだけの覚悟など、はなからありはしない。

(一国の未来を背負うんだぞ。いくらなんでも重すぎる……!)

そうやって逃げてばかりいたから、アスラーンは怒れる獅子になったのだ。

——最期に失望したくないから、手抜きで生きているのは、さぞや楽なのだろうな。

言い放たれた言葉が、いまも胸に痛い。

じくじく、と抜けない棘《とげ》のように、志摩を苦しめる。

それはいつか心臓にまで食い込んできて、鼓動の邪魔をするかもしれない。

わくわくしたり、ドキドキしたり、そのたびに深く突き刺さって、おまえにそんな権利はないと足を引っ張る。ときめきなどいらないと言うなら、それ相応に生きろと。

他人の才能にあこがれ嫉妬して、そのくせとことん自分を追い込むこともできず、不満だけを卑屈《ひくつ》に溜め込んでいく——退屈で平穏な日々を、ただ淡々と生きていけと。

無難だが、心躍らせることもない。

そんな生き方がふさわしいと。

「……そんなの……」

ぐっ、と両手の拳《こぶし》を握り締めて、志摩は溜め込んだ息を、一気に吐き出す。

「そんなので、いいわけないいじゃないかっ……！」

叫びは、赤茶けた大地に木霊《こだま》して、志摩の心に返ってくる。

ならば、何が望みだと。

——本当に欲しいものは、なんだ？

6

——マジで、アスラーンとのすれ違いを、なんとかしないと。

志摩がそう決意してから三日、だが、今度はアスラーンが仕事を理由に戻ってこない。

ナーゼルが首長会議があると言っていたから、その準備で忙しいのだろうが、当のアスラーンがいないのでは話しあいのしようがない、と悶々《もんもん》としていたとき。

待ち人は来たらず、なのに、あまり歓迎したくない客が押しかけてきた。

志摩に個人的な用件があるとはとうてい思えない、ふたり——ラヒムとナーゼルである。

ハミドから来客の名を聞かされたとき、身体が怠いから、と体調不良を装おうとした志摩だったが、王家に忠実なSPに、仮病はお勧めできません、と叱られてしまった。

アスラーンがいないのを承知でやってきた以上、目的は自分への嫌がらせしかないとの想像はつきすぎるのだが、弟たちを追い返すわけにはいかないから、と不承不承、部屋に通す。

「元気そうだな、志摩！　遠慮なく病気にでもなってくれればいいのに」

ハミドの案内で、部屋に入ってくるなり、ラヒムはいつも以上にお元気な声をあげた。

それだけでもう逃げたくなる足を叱咤して、その場に踏ん張れば、ラヒムが突然、珍妙なことを言い出した。

「喜べ、志摩。今日は仲直りに来てやったぞ」

「はあ……？」

そもそもあんたと仲よくなんかないし、と心で突っ込みながら、修正箇所を探る。

「兄上とおまえが険悪と聞いた。それはよくない。俺にどんと任せろ！」

拙《つたな》い日本語で訪問理由を偉そうに言う弟を、一歩、後ろからついてきたナーゼルが、困ったやつだとばかりに苦笑しながら、流し見ている。

ともあれ、赤ペン校正完了。

どうやらラヒムは、志摩とアスラーンの関係を仲裁しに来た、と言ってるらしい。

「べつに……険悪なんかじゃないけど」

「よくない。見ていればわかる。俺の厚意を無にするのか？」

いいや、そんな傍《はた》迷惑なご厚意は、遠慮したい。

こういう問題は自分で解決しなきゃ意味はないから、と言ったところで聞く男ではない。

「おまえは気に入らぬが、俺は陛下のお役に立ちたいのでな。だから、おまえとも話しあいたい。ああ、これは土産だ。受けとれ」

小脇に抱え込んでいたランチボックス大の、見事な意匠《いしょう》の箱を差し出してくる。

軽々と持っていたから、反射的に受けとってしまったのだが、両手で支えるのがやっとなほどに、ずっしり重い。

「何、これ!?」

その上、蓋《ふた》を開けてみて、びっくりだ。

中には、いっぱいの真珠に埋もれるように、幾種類もの色石が詰まっていた。

オパール、翡翠《ひすい》、瑪瑙《めのう》、珊瑚と、どれも丸く磨かれた形がいちばん美しく見える宝石ばかり。

「いや、ちょっと土産って、これ……はんぱなく高価なんじゃ……」

「気にするな。私の小遣い程度だ。——相互理解はこれにつきよう。きょうきんを開いて、腹蔵《ふくぞう》なく話しあおう」

なんだか妙にご機嫌なラヒムは、志摩の戸惑いなど意にも介さない。

(こいつ、いま、胸襟をひらがなで言ったろ。それに『胸襟を開く』と『腹蔵なく』では、意味が重複してるぞ)

いまさら突っ込んでも虚《むな》しいだけだが、もしかしたら難しい言葉は、ほとんどナーゼルの受け売りなのかもしれない、などと思いつつ、ともかくふたりに椅子を勧める。

なのに、なぜかラヒムは部屋の中を見回して、ここではだめだ、と首を振る。

「おまえと懇意《こんい》にしている姿を、侍従に見られたくない。人払いできる場所はないか？　まず、あいつも追い払え」

入り口にたたずんだままのハミドに、顎《あご》をしゃくって、出ていけ、と命じる。

ここはアル＝カマル一族の居城だからか、アスラーンが留守である以上、弟たちに命じる権利があるようで、さすがのハミドも、黙礼して出ていってしまう。

相互理解のためなのに、懇意にしている姿は見られたくないなんて、矛盾《むじゅん》しすぎだし、勝手に人払いしてしまうあたり、怪しすぎる。

(こいつ、なんか企《たくら》んでるな……？)

単純バカのラヒムの企みなど、下手《へた》の考え休むに似たり、だが、ナーゼルが同伴しているのが、志摩的にはひどく気になる。

何しろ、つい先日、脅しまがいのことを言われたばかりだ。

――兄上をなんとかしてくださいませんと、色々と面倒なことになりましょう。

その面倒を持ち込んだのがラヒムというあたりが、本当に面倒なことになりそうだ。

知力の男より、体力の男のほうが、志摩的には苦手だ。

これは要注意だ！　と思っている間にも、ラヒムは勝手に寝室へと向かっている。

「ま、待って、そっちは……！」

止めようとするが、両手で宝石箱を抱えているから、追っていくのが精一杯だ。

「こっちが、なんだ？」

ドアを開けて勝手に入っていくラヒムが、振り返り、にっと犬歯を剝《む》き出して笑った。

(ヤバイ……！)

とっさに閃《ひらめ》いた。これ以上、近づいてはいけない。すぐに人を呼ばなければ。

（こいつはきっと何かしでかす……！）

とは思うのだが、ラヒムは動く気配もなく、悠然とその場に立っている。

それで、声を出すのが、一拍遅れた。

それでも身を引きながらハミドを呼ぼうとしたとき、恐れていた一撃は背後から襲ってきた。

ガツッ！　と後頭部に鋭い衝撃を受けて、とっさに振り返った志摩が、気を失う寸前に目にしたのは、手刀を振り下ろしたナーゼルの姿だった。


「……ッ……うう……」

小さく呻《うめ》きながら目を覚ましたとき、身体がひどく重く感じられた。

「お気がつかれましたか？　志摩様。できるだけ痛みが残らないように打ったつもりですが」

すまなそうな声が、どこからか落ちてくる。そちらをのろりと見上げれば、端整な眉を困惑に寄せたナーゼルがたたずんでいる。

「……あんたが……？」

「ラヒムの拳では、一撃であなたを殺しかねないので。ですが、どんな理由があろうと、陛下の恋人にしていいことではありませんでした」

心配そうな口ぶりが、あまりにうそっぽすぎる。

それにしても、どうしてこんなに身体が動かないのかと思い、自分が置かれた状況を確かめて、志摩は、全身がカッと燃え上がるほどの羞恥に襲われた。

なんと、衣服を着ていない。上着どころか下着もすべて脱がされて、ベッドの上に全裸で這わされている。その上、両手首は金色の縄で縛られて、ベッドヘッドに繋がれている。

「な、なんだよ、これ……!?」

似た状況を、覚えている。あれは、初めてアスラーンに抱かれたときだ。肌に香料を塗りたくられて、宝石で飾り立てられて、犯された。

「本意ではありませんが、他にラヒムを納得させる方法がないのです。——あなたがしたことは、我らが陛下を、侮辱《ぶじょく》したに等しいのです。恋人ならば、それらしく振る舞わねば」

ナーゼルは苦笑して、視線を志摩の後ろへと向ける。

そこに誰がいるのか、振り返らなくてもわかってしまう。

「せっかくの土産を、受けとらぬとは、俺に失礼だぞ」

背後から聞こえてくる声は、アスラーンと似ているようで、やはりぜんぜん違う。

「兄上のために、もっと美しく飾ってやろうではないか」

何をしようとしているのか、知るのがいやだ。だが、知らずにいるのはもっといやだ。

必死に首だけ捻って背後を見れば、ベッドに腰かけているラヒムの姿が、目の端に入る。

もしや犯されるのかと思ったが、そうではなさそうだ。ラヒムの目に、アスラーンが見せるような艶《つや》めいた欲望の色はない。

あるとすれば、怒気と憎悪と侮蔑《ぶべつ》だけだ。

土産と言った箱を脇に置いて、透明な小瓶から何とはわからぬ粘性の高い液体を、ぎっしりと詰まった宝石の上へと垂らしている。

「な、何を……？」

「だから、飾ってやるだけだ。これは親切だ。ありがたく受けとれ」

不遜《ふそん》に言うと、ラヒムは志摩の下半身へと手を差し出してくる。

指先に、一粒の丸い色石を摘《つま》んでいる。深い青に黄鉄鉱《おうてっこう》の金色のまだらが美しい——宝石に関する知識はあまりないが、ラピスラズリだろう。

「おい……!?」

だが、それを何に使うかと思えば、呑気《のんき》に見入ってなどいられない。

双丘の狭間《はざま》にぬめったものが触れたと思うと、唐突に後孔の中に異物感が広がった。

「や、やめろっ……！」

「まだたくさんあるぞ。兄上を受け入れているのなら、いくらでも入るだろう」

言って、ラヒムは土産に持ってきた宝石を、志摩の中に入れはじめたのだ。

あくまで、アスラーンを楽しませるための準備のつもりなのだろうが、ひとつふたつならともかく、五個を過ぎたあたりから異物感がひどくなる。

「く、うっ……！」

とことん志摩を嫌い抜いているから、やることに容赦はない。

縛られたままの両手で枕をつかんで、異物感に耐える志摩を見下ろしながら、ナーゼルが口先だけの申し開きをする。

「私は止めたのですが、ラヒムは、兄上へのあなたの態度を見てしまったので」

「お、俺が、何を……したって……？」

「初めてお会いした日、あなたが兄上にさせたこと、覚えておりませぬか？」

「え……？」

「宮殿の南東に、ひときわ小高い砂丘がありましょう。——唯一、兄上の部屋が覗《のぞ》ける場所です。距離はありますが、双眼鏡でなら、誰が何をしているか確かめることができるのです」

「……あ……？」

「あなたは兄上を跪《ひざまず》かせた——それは、許されぬことです」

初めて会った日——ラヒムに連れられてここに来た日は、ナーゼルに挨拶《あいさつ》したあと、疲れ果てて寝てしまった。

いや、その前に……と志摩は思い出す。

（アスラーンがフェラしてくれて、それから素股で……）

悪いと思いつつも、それ以上のことができなかったあの日、眠りにつく寸前、砂丘が輝いているのを見たような気がした。あれは双眼鏡の反射だったのか、といまさら気づく。

「覗いて、いたのか……?」

「ラヒムから話を聞いて、私もさすがにそれは……と心を痛めました。あなたが兄上の恋人であることに、異存は申しませんが、相応のお務めをなさらぬとあっては、ラヒムの暴挙を止めることなどできません」

あくまでラヒムが考えたこととして語っているが、本当にこれはラヒムの計画なのか。

スルターンの恋人に手を出すのは、弟であろうと御法度《ごはっと》のはず。

だが、宝石を使って志摩を飾り立てるという名目のこの計画には、アスラーンのために、という逃げ道がある。

この遠回しの言い訳を用意したのは、直情的なラヒムではなく、思慮深いナーゼルのほうではないのだろうか。

「私に覗き見の趣味はありません。——けれど、壁に耳あり障子に目あり、などと申しますれば、もう少し危機感を持たれたほうがよいかと」

にっこりとナーゼルが、よけいな忠告を寄こしてくるあいだにも、ラヒムは淡々と作業を続けている。ずん、と腹の中が重くなってくる。

ただ冷たいというだけでなく、無機質な宝石が内壁を擦る感触が、ひどく不快だ。

「む、無理だ……。もう、入らないっ……」

切れ切れに訴えるが、ラヒムの動きが止まることはない。

「これからが本番。兄上を受け入れる場所……これくらいで、ギブアップは早い」

そして、宝石箱の中には、真珠だけでなく、もっと大粒の色石がまだまだ残っているのだ。

それにどうやら、最初に垂らされた液体は媚薬のたぐいだったらしく、じわじわとむずがゆい疼《うず》きが湧き上がってくる。

よくよくこの一族は、男を性奴あつかいするのが、お好きのようだ。

（くそっ……！　な、何を塗りやがった……？）

悠久の歴史を刻んだ一族——後宮を埋めつくした妾妃たちが、スルターンを悦《よろこ》ばせるために、媚薬のひとつやふたつ使っていても不思議ではない。

神経をとろけさせるほど、甘ったるく粘つく香りが、つんと鼻を突く。

たぶんこれは、危険な香りなのだとわかっても、どうにもできない。

両手の自由は利かない。利いたとしても、体勢を変えることはできない。

硬質な感触は、決して心地いいものではないのに、塗りたくられた媚薬は、志摩の性欲を着実に煽っているのだから。

微妙な動きでさえも、粘膜がくすぐられて、妙な声が出てしまいそうだ。

「く、ふぅぅ……、んんっ……」

思っているそばから、喘ぎにも似た吐息がこぼれてしまう。

それを耳ざとく聞きつけたラヒムが、我が意を得たりと威張る。

「こいつ。こんなもので感じているぞ。なんと、あさましい」

志摩を貶《おとし》めるだけの揶揄《やゆ》が、身体より心を抉《えぐ》る。

何があっても、こんなことで感じるわけにはいかない、と必死に唇を噛んで耐えるが、鼻から抜け出る息は、なんだか妙に甘ったるい。

「……ッ……ん、あうう……」

もう何個入れられているのか、それすらわからない。これほどもったいない宝石の使い方が、他にあるだろうか。本来なら美しく身を飾るためのものは、いまは身じろぐたびに、じわじわと染み込んでくる媚薬の効果を、いやと言うほど味わわせてくれる。

(こ、これ以上……増やされたら……)

いつまで続くかわからない責め苦に、志摩は本気で焦《あせ》りはじめていた。

血の気が引いていくのがわかる。いやな汗がだらだらと、額から、顎から、流れ落ちていく。

「さて、これくらいでいいだろう」

ようやくラヒムの動きが止まったときには、志摩はベッドに這いつくばったまま、動くこともままならない状態になっていた。尻を微《かす》かに振るだけで、埋め込まれた宝石が内壁を刺激して、すさまじい掻痒感《そうようかん》を生み出すのだ。

（でも……こいつらさえ、帰ってしまえば……）

誰であろうとこの姿を見られるのは、めいっぱい恥ずかしいのだが、使用人ならば、ＳＰにしろ侍従にしろ、見て見ぬふりをしてくれる。

何よりもアスラーンに見つけられるのが、いちばんヤバイ。

やることさえやればもう用はないとばかりに、ラヒムが寝室から出ようとしたとき、ふと何かに気づいたナーゼルが、それを止める。

「待て。何か変だ……」

足を止めたラヒムに、ナーゼルがアラビア語でささやきかける。

しばし、何事か話しあっていたが、ややあって、ラヒムが引き返してくる。興味津々な表情で、這いつくばっている志摩の腹の下を覗き込んで、納得顔でうなずいた。

（ちくしょう、気づきやがったか……！）

何にうなずいたのか、志摩もわかってしまった。

実はさっきから、下半身がやけに熱いのだ。

股間の茂りの中で、自分の性器が頭を持ち上げてきているのが、見なくてもわかる。

決して、『いい』からではない。あくまでも生理的な勃起だ。さんざんアスラーンに慣らされた場所を、媚薬入りの宝石で刺激されれば、この程度の反応はしてもしかたない。

とはいえ、この連中がそれを、『しかたない』ですませてくれるかが、問題だ。

「これはどうだろう？　兄上への献上品が、その前に達してしまうというのは、ちょっとマズイのではないか？」

そして、よけいなお世話の心配ごとを、わざわざナーゼルは口にする。

「媚薬がだいぶ効いてきているのだろう。これでは、我々がいなくなったとたん、自分で尻を振って、いくらでも達することができる。私はもともと淡泊だから、そういう趣味はわからぬが、この男は、兄上をたぶらかしたのだ。そんな楽しみ方でも、できるのではないか？」

「許せんな、それは。かえって楽しませるだけとは」

「なんとか、達しないようにできればいいのだが……」

ナーゼルは言って、上着《ビシュト》の袖から何かをとり出した。

見れば、金色の縄だ。志摩の両手首を縛ったものの、余りなのだろう。

それを目に留めて、ラヒムがポンと手を打つ。

「ああ、それなら縛ってしまえばいい！」

ようやく気づいたラヒムのバカが、ナーゼルの手から縄をもぎとって、志摩の昂《たか》ぶりの根元を縛りはじめる。ぎゃっ、と叫びそうになるところを、志摩は必死にこらえる。

（そんなことに、気づくな！　ってか、ナーゼル、わざと気づかせたな……！）

つまり、これがナーゼルのやり方なのだ。

ラヒムは自分で気づいたと思っているが、実は、すべてのお膳立てはナーゼルがやっている。

おとなしい、と言われている男は、こうやって陰でこっそり誰かを操っている。

(でも、大丈夫だ……。ハミドがいる……!)

みっともないのは、百も承知。

それでもハミドが見つけてくれれば、なんとかアスラーンを誤魔化《ごまか》せる。誤魔化すしかない。

「では、もう行きましょう。私は、こういうものを見物する趣味はないので」

などとナーゼルは、自分は無関係のような言いざまをしている。

「ああ、でも、私は王宮に用があるので、このさきは別行動をとりますよ。ラヒム、きみはひとりで帰ってください。私はハミドに送ってもらう。ここに残っているSPの中では、彼がいちばん頼りになる。志摩様はお休み中だと言っておけば、侍従もここには入るまい」

その上、希望を根こそぎ奪っていくことを、わざわざ聞こえよがしに言う。

どうやら言葉巧みに、ハミドを連れ出してしまうつもりのようだ。志摩の身を案じる筆頭の彼がいなければ、何か様子が変だと思いはしても、基本命令第一の侍従たちは、志摩を放っておくだろう。

「ナーゼル、貴様《きさま》ぁ……!」

「はい?」

「それが……あんたのやり方か?」

ギッ、と振り返った志摩の目に、黒ずくめの男の姿が映る。その口元に、常に変わらず浮かんでいる薄い笑み。雰囲気だけなら、人がよさそうにも見えるが、それが曲者《くせもの》なのだ。

「なんのことでしょう？」

この男は、決して本音は言わない。ただ誤魔化すだけだ。

うそをつかないぶんには、月の力《カマル》とかやらでも、簡単には見抜けないとわかっているから、他人の言葉に同調することで、自分の考えを隠す。

（悔しい、悔しい――気づいていたのに、本当にヤバイのはナーゼルだって……！）

なのに、ラヒムのバカに気をとられて、うかうかと引っかかってしまった。

「では、マアッサラーマ」

ナーゼルは優雅に礼をとって、その場をあとにしたのだ。


それから二時間ほども放置プレイで悶々としたあと、聞き慣れた足音が近づいてくるころには、志摩はもう助けてくれるなら、誰でもいいという境地になっていた。

「……アス、ラーン……！」

名を呼べば、すぐに「どこだ？」と声が返ってくる。

まっすぐに寝室へと向かってきた足音に次いで、扉が大きく開かれたときには、天使の降臨《こうりん》かと思ったほどだ。

「ア、アスラーン……！　よかった。早く、縄、外してくれ……！」

二時間近くも喘いでいたせいで、訴える声がすでに掠れきっている。

「……志摩……」

一言、呟いて、アスラーンはその場に固まった。

金色の瞳は欲望に満ちて、視線は剝き出しの志摩の双丘に注がれている。

ラヒムにやられたときとは、まったく違う種類の危機感に、じんわりと熱せられる気がして、志摩は慌てて状況説明をしようとする。

「あ、あの……頼むから、俺が進んでこんな格好してるとか、うっかりでも思わないで……」

だが、遅きに失した。

説明するどころか、いきなり尻をわしづかみにされて、助けを求める声は、「ぎゃっ！」とひしゃげた悲鳴に、とって代わられてしまった。

「ああ……なんとすばらしい！　こんなに私を求めてくれるとは、愛しい人よ！」

「ち、違ぁーう！　ぜんぜん求めてないっ！　――ってか、頰ずりするなぁぁー！」

チュッチュッ、と音を立てて尻たぶに降ってくる、キスの雨嵐。

どうしたら、これが求める姿に見えるのか。耳だけでなく目もまた、現実より願望を優先する機能つきのようだ。

「こんな形でおまえが謝罪をしてくれるとは、思ってもいなかったぞ」

「あ、ああ……だめ、だ……。揺さぶるな……な、中がっ……！」

「ん、どうした？　中に何か入れているようだが。私の帰りが待ちきれなくて、自慰をはじめてしまったのか？」

アスラーンはベッドに乗り上げて、志摩の尻を覗き込んでくる。

肩越しにそれを見て、志摩は全身を羞恥に戦慄《わなな》かせる。

「ああ……、や、やめっ……、み、見るなぁ……」

そこはもう熟《う》れて、ひくひくと痙攣《けいれん》して、溢《あふ》れ出た粘液に、ぬらりと濡れ光っているだろう。

こんなにもみっともない姿を、まだ明るい陽の中にさらす——その恥辱。

「だが、見なければ、どうなっているかもわからんぞ」

平然と言って、アスラーンは指を伸ばしてくる。

くちゅ、と指先で窄《すぼ》まりを突っつかれただけで、志摩は飛び上がりそうになるほどの衝撃を感じてしまった。

「ひっ!?　や、あぁっ……！」

触れられただけで、びくん、と震えた柔襞《やわひだ》は、何時間ものあいだ掻痒感を我慢し続けたぶんまでも身悶えて、簡単に節の太い指を呑み込んでしまう。

「ん？　どうなっているのだ、これは？」

中の様子を確かめながら掻き回されると、石と石が擦れあう微かな音が、自分の内部から湧き上がってきて、目眩《めまい》に頭がくらくらする。

しゃらしゃら、と鈴を鳴らすような透明な、なのに、ひどく卑猥《ひわい》な音。

「あ、やぁぁ……、か、掻き回すなっ……！」

「なるほど、宝石か。——それにしても、いったい何十個、入れているのだ？」

「……ッ……ううっ！　し、知るかぁっ……！」

「まあ、真珠が多いようだが……と、おや、こぼれ出てきた」

こぷっ、と濡れた音を立てて何かがこぼれ出る感触は、すさまじく志摩の羞恥を煽る。

出てきたのではない。アスラーンの指が掻き出しているのだ。

（わ、わざとやってやがる……こいつ……！）

アスラーンとラヒムは色々と似ている部分が多いが、性的嗜好に関しても、ずいぶんと似通っているらしい。

つまりは獣系というくくりに入る部分で、それが結局、いちばんやっかいなのだ。

「いくら寂しかったといえど、私以外のものを入れて慰めるとは、許せんな」

「だ、だから……ち、違っ……、は、あぁっ……!?」

なんとかラヒムにされたことを説明しようとするのだが、アスラーンがくいと指を蠢《うごめ》かせるから、まともな言葉にさえならなくなってしまう。

くすぐる動きで広げられた後孔から、無理やり入れられていた宝石が、ぽろぽろとこぼれ落ちていく感触に、ゾッと肌が戦慄いた。

「は、それ、やめっ……！　ん、くぅっ……」

「いい声を出す。――そうか。こういう趣味があったのか。なんなら手伝ってやるぞ。まだたっぷり用意してあるではないか」

ベッドの上に置かれたままの宝石箱をチラ見して、アスラーンが背後で楽しげに言う。

「……っ……、やめっ……！　そ、それ、ラヒムのバカの、土産だっ……」

「おや？　私の弟に責任をなすりつけるのは、感心しないな」

「じょ、状況を見ろ、このスカタンがぁ！　ど、どうやったら、自分で……こんなふうに両手を縛れるんだよっ！」

あまりに話が噛みあわなさすぎて、さすがに怒りが快感に勝り、志摩は叫びながら不埒《ふらち》な男をねめつける。もっとも志摩の目ヂカラなど、アスラーンにとっては、誘惑にしかならないが。

「いや、おまえは器用だから、それくらいできるのではないか？　日本人だし、忍者の縄抜けの逆バージョンとか、できそうだが」

「そ、それ、マジかー？　マジで言ってるのかぁ……!?」

「新手の誘惑の方法だな。可愛いやつめ」

「あ、ああ……、やめっ……!?」

必死に動かすまいとしていた尻を、大きな手でつかまれて持ち上げられるだけで、宝石が内壁を擦って、すさまじい刺激が湧き上がる。

「ラヒムのおいたにも困ったものだ。とはいえ、ラヒムへの罰は罰として、おまえのここが、もっと欲しがっているのは、事実だぞ」

「だ、だから……それは、ラヒムが催淫剤をっ……」

「催淫剤を使われたのなら、よけいに挿《い》れてやらねば。宝石なんてチマチマしたものではなく、おまえの大好きな太いものを」

「な、何ぃ……!?」

「でないと、効き目が切れるまで、どうやっても達することのできない疼きに、悶え続けることになるぞ」

「う、うそっ……!?」

冗談ではない。ただでさえ異物感はぱんぱでないのに、そこに超特大のアスラーンの一物《いちもつ》など受け入れられるはずがない。

だが、太い亀頭部を挿れるために、柔襞を指で開かれただけで、そこは貪欲に快感を求める器と化して、素直に蠕動《ぜんどう》しはじめる。

「や、やめっ……、ふっ……んんっ……！」

アスラーンのほうが体温は高いはずなのに、さんざん焦《じ》れていたあいだに熱を持った双丘は、触れてくる肌の感触をいつになく心地よく感じとってしまう。

志摩の痴態《ちたい》に魅せられて、アスラーンの一物は、すでに昂ぶりはじめている。

たっぷりと濡れて、快感を欲しがっている場所に、熱い先端が押し当てられる——その感触だけで、ひくとあさましく喉が鳴る。

「はぁっ……！　い、挿れるなっ……！」

じん、と走る痺れが勝手に尻を痙攣させて、さらなる愛撫を求めるように揺れる。

ぬめった音が響いて、切っ先に圧せられた柔襞が、押し込まれていくのがわかる。

「や、やめろ……！　そ、そんなの無理だっ……」

「おまえは、『やめろ』ばかりだな。だが、やってしまえば、すぐにぐずぐずになる」

志摩の訴えなど意にも介さず、じわじわと秘肉を割って押し入ってくる熱塊《ねっかい》の、遠慮《えんりょ》会釈《えしゃく》もない動きに、ひっと喉が引きつれる。

それはただ、志摩を求めるためだけのものなのだ。

「無理かどうか、その身体で確かめてみるがいい。おまえのここは、もうとろとろだぞ」

お決まりの揶揄とともに、侵入してくるものは、熱く、堅い。

「……ヒッ……、う、ああっ……!?」

中に詰められた宝石の数は、ひとつやふたつではない。そこに、超弩級のアスラーンの一物を捻《ね》じ込まれて、志摩は身も世もなく悲鳴をあげた。

「やっ、いやぁ……！　は、うぐぅ……！」

それが苦痛からではなく、いっぱいに満たされたことへの歓喜からだと、ざわめく肌からぶわっと弾け飛んだ汗が、悲鳴以上に明確に教えてくれる。

「……ッ……！　なんとキツイ……！」

「はっ、はあっ……！　や、やめっ……、ど、どうにかなるぅ……！」

埋め込まれた宝石は、予測不能の動きで、志摩の内部を掻き回す。

とろけきった粘膜を、そして、前を封じられたことで、行き場のなくなった快感を溜め込んだ前立腺を、激しく擦り上げるのだ。

「ひっ、ひうっ……！　あ、はぁっ……そ、そこ、やめっ……！」

「ふ……、ここか？　おお、何かコリコリと転がっているな。私の鎌首まで抉ってくるぞ」

耳朶《じだ》をなぶりながらささやく男の、張りきった一物が出入りするたびに、何粒もの宝石が肉のあわいを転がって、奇妙な刺激を生み出していく。

「うぐっ……！　あぅぅ……」

さんざん待たされた身体は、もう疼きに耐えるのを拒否しているから、腰を大きく回転させられるたびに、すさまじい快感が内部に満ちて、志摩をみっともなく喘がせる。

「や、あぁぁ……！　う、動くなっ……あっ、ひぅっ——……！」

背後からの突きに合わせて、自然と揺れる腰が止められない。

こんなのはいやなのに、こんなのは違うのに——あんな異物のせいでいつも以上に感じているなんて許せない、と志摩の心が悲鳴をあげる。

いつもどこか素直になれないのに、ラヒムのお膳立てで感じてしまったら、それこそアスラーンにすまなすぎる。

「ひうっ……!? や、やめっ、く、あぁぁ……!」

常なら、滑らかな肌合いの摩擦で生まれる快感だけでじゅうぶんなものを、あちこちに散らばる粒のひとつひとつが、予想外の動きでよけいな手助けをする。

「ああ……いいぞ、この尻めが！　私までも……どうかなりそうだ！」

「……は……やっ、もう、やめっ……！」

「やめていいのか？　引いてもかまわぬと……こうして……」

ずるっ、と内部からすさまじい熱量が引いていく。わずかにできた空隙《くうげき》に、ひくと肌がざわめいて、志摩は知らぬ間に内壁を搾《しぼ》っていた。

「う、あぁぁ……!? や、やめっ……、アスラーン……」

助けてくれ、と名前を呼ぶが、アスラーンのご都合主義の耳には、かえってねだっているふうに聞こえてしまうだけなのだ。

「どうだ？　やはり奥がいいのだろう？」

熱い切っ先に、宝石を埋め込んだままの秘肉を突き上げられるたびに、理性もなくした志摩は、髪を振りながら嬌声《きょうせい》をほとばしらせる。

こんな乱れ方はしたくない。

こんなのはだめだとわかっているのに。

いつもとは違う感触に、震える腰がどうしても止まらない。

「もっとだ。もっと奥まで抉ってやる……！」

ここまでとどくのは、唯一の男だけだと教え込むように、信じられない最奥《さいおう》までを抉られて、志摩は揺さぶられるままに、あさましく尻を振り回す。

「やあっ……、ふ、深いっ……や、だっ……！　あっ、ああーっ――…」

どれほど、『いやだ』と『だめだ』と叫ぼうと、とろけきった粘膜は志摩の意志を裏切って、無慈悲な攪拌《かくはん》を続けるアスラーンの一物に絡みつき、さらに奥へと導いていく。

内部におさめられた宝石が、いつになく奇妙な律動を生み出しては、敏感な場所を攻め立てるから、唇から漏れる喘ぎが止まらなくなる。

それは、アスラーンも同じなのか、みっしりと埋まった秘肉のあいだを転がる異物は、挿入されている性器にまで、常にない刺激を与えている。

「くっ……、たまらん……！　ラヒムのバカめ、こんなことばかりに知恵を出しおって……」

色々と矜持の高い男は、自分以外の者の企みで、志摩を感じさせられていることが、どれほど気持ちよくても、忌々《いまいま》しいらしい。

乱暴なほどの抽送《ちゅうそう》のたびに、媚薬を含んだ体液が狭い肉襞のあわいを逆流して、交合部から溢れていく。それと同時に、埋め込まれていた真珠が、ひとつふたつと転がり出ていくのが、柔肌に引っかかる感触でわかる。

「ふ……。卵でも産んでいるみたいだな。いい見物だぞ……」

「い、言うなっ……！」

いっぱいに詰め込まれた宝石を、ぽろぽろとこぼすさまなど、みっともなさすぎて想像すらしたくないのに、完璧に意地悪モードに入ったアスラーンの物言いは、ひどく残酷だ。

「いっそおまえが孕《はら》んでしまえば、問題も解決するものを。——いや、女のようにだらだらと悦びの汁を垂れ流す、この穴なら、本当に孕むかもしれぬな」

「う、うるさいっ……！　ひっ？　う、ああっ——…！」

背後からの勢いは増すばかりで、志摩は顔をシーツに押しつけられるほどに、身体を折り曲げられていた。脈打った肉棒で斜め上から刺し貫かれる形で、ずんずんと敏感な入り口を犯されて悲鳴さえも嗄《か》れる。

「ヒッ……！　や、ううっ……、あっ、あっ——…！」

ぐちゅぐちゅと粘性の高い卑猥な音が交合部から湧き上がって、軋《きし》むベッドの音と混じりあって、アラベスク紋様に彩《いろど》られた部屋に響く。

快感に押し流されてしまうのが怖くて、必死に首を振ってあらがおうとするが、アスラーンは意地になったふうに、背後から穿《うが》ち続ける。

雄芯《おしん》を咥《くわ》え込んだ肉襞が絶頂の予兆にひくつきはじめ、恐れにも似た感覚に襲われる。

（い、嫌だっ……、こんなのは違うっ……！）

ラヒムの遊びに踊らされて、宝石や玩具で刺激され、いままでにない高処に放り上げられる。そんなのは違う、と怒りと羞恥に突き動かされ、志摩は癇癪《かんしゃく》をおこした子供のようにかぶりを振る。だが、背後ではすでに、絶頂に向かう、激しい律動がはじまっている。

「ひぅっ！　あんぅ、そっ……キツぅ……！　くふぅぅ……」

獣のごとき手加減なしの腰遣いで、視界がぼやけるほどに前後に揺さぶられ、志摩は知らずにあられもない嬌声をあげていた。長く尾を引くそれが、繊細な絨毯《じゅうたん》の上を滑っていく。

「あふっ……んんっ！　はぁ、やあぁぁ……！」

異端の快楽に身体を支配され、びくびくと尻を打ち震わせて、自分がひとつの性器になってしまったかのように、後孔に満ちる官能のことしか意識することもできなくなる。

「あっ、ああ……、も、もう、イクっ……」

だが、どこへ？　どうやって？

志摩の性器は、未《いま》だ縛めを解かれていないのだ。

出口を失った快感の奔流《ほんりゅう》が渦巻《うずま》いている場所に、異物をまとわせたアスラーンの熱塊が、ずぶずぶとさらなる愉悦を送り込んでくる。

「たっぷり、中に出してやる……！　せいぜい孕めよ！」

腹部の奥から迫り上がってくるそれに、意識も身体もぐずぐずにとけて、もはや快感を追うだけの生きものに成り下がってしまったかのようだ。

「は……そっ……、やあっ、も、もうっ……！」

感極まって意味もない喘ぎを撒き散らし、雄芯を咥え込んだ尻をひたすら打ち振るう。

唇をはくはくと開閉させ、唾液は溢れるがままに任せ、断末魔のごとき嬌声をあげ続ける。

「ひっ……いっ、いいっ……！　あっ、あっ、ふううう……！」

全身を襲う官能の波頭に洗われながら、志摩はアスラーンに抱えられた尻を、みっともないほどに振り回す。いっぱいに開いた柔襞を収縮させ、異物といっしょに深く呑み込んだ男根を、強く、強く、締めつける。

「……くっ……！」

昂ぶった性器の根元をこれでもかと搾られて、苦痛と絶頂の予感に呻いた男が、痙攣とともに熱い精をほとばしらせる。

ぬめった感触が、最奥に叩きつけられる勢いで放たれた瞬間、志摩もまた吐精をともなわない長く果てのない絶頂に身を震わせた。

縛められたままの志摩の性器は、先端の孔《あな》から、だらだらと蜜を滲《にじ》ませている。

「さあ、好きなだけ、出すがいい」

自身もまだ、とどまる気配のない残滓《ざんし》を吐き出しながら、アスラーンがやっとのことで縄を解いてくれた。とたんにシーツを濡らす体液の量に、志摩はいまさらながら頬を赤らめる。

「あ、ああ……」

「ふん……。たいした量だ。こんなもので感じおって」

背後の男は何を思ったのか、一度の吐精では萎《な》える気配さえないものを、ずるりと引き抜いていく。張りきったエラの部分に引っかかって、たっぷり放たれた精にまみれて、いくつもの宝石がこぼれ出ていく。

じゅぷじゅぷ、と音を立てながら何度かそれを繰り返し、埋め込まれたもののほとんどを掻き出してしまうと、志摩の身体を反転させ、両手の縛めも解いてしまう。

「痕が残ったら、同じ罰をラヒムにくれてやろう」

縄目の残った腕に口づけながら、アスラーンが誓う。

だが、いまは他の男のことなどどうでもいいと、志摩はようやく自由になった腕を、目の前の男の逞《たくま》しい首に絡める。

アスラーンも再び志摩の最奥に陣どって、居心地よさげにゆるい律動を再開する。

「そら、よけいな異物などないほうが、ずっとスムーズに動けるし、直に感じられるというものだ。私とおまえのあいだには、一ミリであろうとよけいなものはいらぬ」

いきなり横柄な口を利くのが、なんだかおかしい。

「そのわりに……楽しんでた、みたいだけど」

「少しはな。――だが、やはりこのほうが、ずっといい」

「うん……。もっと、あんたを感じさせて……。あんただけを……！」

志摩は熱のこもった瞳で、目の前の男の金色の双眸《そうぼう》を、覗き込む。

そこに確かにある、激情――まっすぐに志摩に向かって注がれる、欲望が眩《まぶ》しい。

「おや、ずいぶん嬉しいことを言ってくれるな」

「雨降ってなんとやら……ってね」

志摩だとて、決して正義漢ではない。むしろ狡猾《こうかつ》さは自覚している。

小狡く生きるのが賢いやり方と思っている部分も、以前ほどではないがなくはない。

それでも、ナーゼルとラヒムのとった方法は違う。

あれではなんのためにいままで突っ張ってきたのか、わからなくなる。

アスラーンを本当の意味で受け入れるのは――つまりは彼が望む形の花嫁だか新妻だかになることだが――そのときを決めるのは志摩自身でありたかったのに。尊大な男の情熱に流されるでなく、知り覚えたばかりの快感に溺れるでなく、自分の意志で決意するはずだった。

こんなふうに外部からの刺激で、それも他人が施したものでなんて――あまりにアスラーンに失礼すぎる。

そもそも志摩が、恋人との再会の場で寝込んでしまうという失態を犯したのが、つけ入る隙を与えてしまったのだ。本当に恋しくて、離れられなくて、たまの逢瀬《おうせ》を心から望んでいるなら、あの態度は横柄にすぎた。

アスラーンの気持ちに甘えすぎていたとの反省はあるが、心のどこかで、距離を置きたい気持ちもあった。近づいて溺《おぼ》れすぎるのは、情けない。離れすぎて忘れられるのも、それはそれで悔しい——測りかねた距離のあげくが、あの失態だ。

それでも、あのときだって、アスラーンがいつもの強引さで迫ってくれれば、どんなに疲れていようが、受け入れてしまっていたはずなのに。

だが、アスラーンのがわにも、ラヒムの相手をさせたという負い目があった。

そんな、蟻《あり》が穴を穿つような、ほんの小さなほころびを目ざとく見つけて、攻め込んでくる者がいるのだ、この世界には。

だから、本当はもっと、心を強く繋がなくてはならなかった。相手の気持ちをくすぐりながらの、呑気な恋の鞘当《さやあ》てを楽しみたいなら、この国の男に恋などするべきじゃない。

ただひたすらにまっすぐに、欲しいものを手に入れるために、心をぶつける。

そんな熱い恋でなければ、簡単に足をすくわれてしまう。

昼は太陽の遠慮ない陽射しに灼かれ、夜は凍える冷気に満ちる——どちらにしても両極端な国にあって、日本人的曖昧《あいまい》さで逃げきれると思っていたのが、間違いだった。

だが、気づいてしまえば、志摩は聡《さと》い。

もう二度と間違えない。

せっかく手に入れた、心地いい居場所なのだ。

少々の脅しにビビって逃げ出すほどには、甘くない。

心を全開にして、アスラーンを抱き締め、舌を絡めて口づけ、貪欲に後孔を搾り、汗の一滴、吐息のひとつまで逃すまいと、全身全霊で欲する、いま。

——もっとだ、もっと擦って、抉って、掻き回して……!

身体が叫んでいる。

欲しい、欲しい、と駄々をこねている。

最後に残った志摩の理性を瓦解《がかい》させて、甘い服従へと誘っていく。

「志摩、私を求めよ……、私だけを……!」

請われるままに、志摩は心を解き放つ。

どうしてもいま、それが欲しいのだと。それがないと、どうにかなってしまうのだと、頬を涙に濡らし、子供のように泣き叫び、ひたすらに求める。

「ああっ……アスラーン……! も、もっとぉ——……!」

そのとき、濡れた肌に、愛は満ちるだろうか。

7

すさまじい快楽の嵐が過ぎて、身体の隅々までアラブ男の逞しさを思い知らされたあと、気怠い身体をベッドにあずけていた志摩は、衣擦《きぬず》れの音で目を覚ました。

「……ん……？」

気配がするほうへと視線を流せば、吊りランプの仄明かりの中、身支度を整えているアスラーンの姿があった。

見慣れた長衣《トーブ》に、金の刺繍《ししゅう》がほどこされた上着《ビシュト》。

頭を覆うクフィーヤは、鮮やかな宝石で飾られたイガールで留めている。

「……どこに、行くの？」

軋む身体を叱咤しながら、のそのそとベッドから出た志摩は、着替えを探す。

「できの悪い弟に、お仕置きをしに」

「え？　……って、ラヒム？」

「放っておくわけにはいくまい。私のものに手を出した以上。二十七にもなって、お尻を叩いてすませるわけにもいかぬしな」

仏頂面《ぶっちょうづら》で言いつつ、見事な刺繍の腰紐を巻いて、そこに短刀《ジャンビーヤ》を差し込む。それだけでは気がすまないのか、壁にかけてあった金銀細工の意匠も見事な湾刀《シャムシール》を手にとった。

あれは戦士の姿だ、と思う。

美しく、逞しい、戦う族長の姿。

「少々バカでも、ラヒムの情熱と矜持は我らと共通のもの——若き日の父上や私と似た部分もあると、期待もしていたのだが」

そこまで言ってアスラーンは、身を翻《ひるがえ》し、歩き出す。

「だが、私の所有物に手を出すなど論外。それが恋人であれば、スルターン本人の身体を陵辱《りょうじょく》したのと同義」

背中で言い捨てたセリフが、少々でなくヤバすぎる。

「ま、待て、アスラーン……早まるなよ！」

志摩は慌てて服を着込み、パンツのファスナーを上げながら、そのあとを追う。

「ラヒムはナーゼルに挑発されただけだ！　俺は、スルターンの単なる遊び相手——本来は従順であるべきなのに、我が儘《まま》であんたを振り回している。そんなことが許されるはずがない、ってのがナーゼルの言いぶんで、ラヒムにもそう思い込ませてた！」

「だから？」

「ラヒムは単細胞なだけだ。罰する必要はない。敬愛する兄の言葉には絶対的に従う。あんたにもナーゼルにもだ。——俺には迷惑だったけど、一族にとっては罪じゃない！」

大きなストライドで歩いていく男の背を、小走りで追いかけ、志摩は必死に言いつのる。

だが、アスラーンは振り返りもしない。

「無知は罪だ。自ら考えず、兄の言葉に踊らされるなど、愚かすぎる。バカだバカだとは思っていたが、そこまでバカだとはな」

低く返ってきた声音の抑揚《よくよう》のなさに、抑えきれぬ怒りが覗く。

常から『ラヒムのバカ』と言っていたアスラーンだが、そこには不出来な弟への愛情が見え隠れしていた。

だが、いまのアスラーンには、情のかけらもない。

ここまで愚かなら、王家の者を名乗る資格はない。身のほどをわきまえて、さっさと一族の名を返上すべき、くらいの冷酷なオーラが漂っている。

（いや、確かにラヒムは単純バカすぎるけど、あれはあれであつかいようによっては、なんとかなるってか、むしろ問題はナーゼルのほうなんだけど。——けど、それ以前に、この勢いのアスラーンを止めるのがいちばんの難題ってか……）

必死に食いさがろうとするが、廊下を進むアスラーンは志摩の言葉など意にも介さず、SPたちだけではなく、駐屯していた兵や、影の軍団の青い悪魔《アル・アズラグール》たちに向かって、厳しい口調で命じていく。アラビア語だから、志摩には理解不能だが、命令に従って散っていく者たちの表情もまた、一気に険しさを帯びて、はんぱでなく物騒な気配が伝わってくる。

肌がぴりぴりするほど危険な緊張感が、美しき天上の宮殿《ジャンナ・アル・カスル》を包んでいくのがわかる。

（な、なんかすごくヤバくね、これって……）

そして、いやな予感ほど当たるというお約束どおり、支度を整えて宮殿の前に集合した諸々が、あまりに想像外すぎて、志摩はあんぐりと口を開けたまま言葉をなくした。

ゴゴゴーと地響きをあげて隊列を組んでいるのは、一個小隊ぶんほどの兵士が乗った、装甲された戦闘車両だ。

兵士たちはクフィーヤ以外は迷彩服に着替え、ベルトやブーツのあちこちに実戦向きのダガーやカスタムナイフを忍ばせ、肩には磨き上げられたライフルを担いでいる。

装甲車に積まれた武器も、映画でしかお目にかかれないような代物《しろもの》ばかりだ。

「あれ……、なんかバズーカっぽいの、積んでない？」

「対戦車用ロケットランチャーだ。あちらも、携帯式の地対空ミサイルまで装備してるからな。その上、やつらの居城には、一カ月は籠城《ろうじょう》できる武器弾薬、兵粮が蓄えられている」

「地対空……ミサイル……？」

「大陸間弾道ミサイルはさすがにない。それは最高司令官であるスルターンのみの権限ゆえ」

「あ、あったら困るだろう！　ってか、王子たちにそんな大仰《おおぎょう》な兵器を持たせるな！」

「我らはそれを『大人の玩具』という」

冗談にしては面白くもないことを言って、アスラーンは上着《ビシュト》をふわりとなびかせ、天井と後部ハッチを全開で待つ、装甲車に飛び乗る。

「ま、待てよ。俺も行くっ……！」

重いエンジン音を響かせて、いまにも走り出しそうな装甲車に、志摩は慌ててとりすがる。

走り出しの勢いで弾き飛ばされそうになったところを、アスラーンに右手一本で軽々と車体に引き上げられる。

「無茶をするな。おまえの体力では、この部隊についてくるのは無理だ」

「あ、あんた……マジで弟たちとドンパチやらかす気か？」

「むろんだ。おいたをした弟には、相応のお仕置きはせねば」

「こんな戦闘部隊や武器が必要か？　あんたらの兄弟喧嘩って、レベルが違いすぎ！」

「宮殿ごと吹き飛ばすのが、手っとり早い」

「手っとり早くても、とり返しがつかない。覆水盆《ふくすいぼん》に返らず、って諺《ことわざ》を知らないのか？　まず話しあえよ。なんのために、その尊大な言葉を撒き散らす口がある？　キスとフェラのためじゃないんだぞ！」

「食べるためにも使っているが。そうだな、最近はキスの頻度が高くなっているな」

冗談交じりに返しながらアスラーンは、鋭い陽射しを遮るために、自分の上着《ビシュト》の袖で志摩を抱え込む。

その口元に、ふっと皮肉とも諦念《ていねん》とも知れぬ、笑みが浮かんでいる。

「ラヒムはともかく、ナーゼルとはすでに三十年も兄弟をやっている。なのに、未だあれの本音はわからぬ。何度も訊《き》いた。己の言葉で語れ、と何度も問うた。——だが、胸のうちを明かそうとしなかったのは、ナーゼルだ。いまさらあれと、話しあいで理解しあえるとは思わぬよ」

「だから、ズドンと一発、始末してしまおうって?」

それは違うだろう、と志摩は言葉を探す。

なんと言えば、アスラーンの耳にとどくのか。

「でも、あんたの怒りの理由が、日本から来た同性の恋人じゃ、周囲が納得しないって」

考えに考えて、志摩的にはすさまじく不本意だが、自分が戦いの元凶にされるのはまっぴらだ、と訴える。

「おまえは外国人だ。一歩間違えれば、外交問題になるやもしれぬことを、悪戯心《いたずら》ですますわけにはいかぬ。たとえ、私を楽しませるためだとしても、身勝手な行為は言い訳にならぬ」

「……それ、あんたが言っても、説得力ないから」

そもそも、最初に志摩を拉致ったのは、アスラーンではないか。

バハール首長国に入国したとたん、盗賊団に扮したアスラーンにさらわれて、犯されて、囚われて、一方的に花嫁あつかいされている志摩としては、ラヒムを罰する前に、自分を罰しろよと言いたくなる。

「とにかく、兄弟喧嘩の原因を俺に押しつけるな。そんなことをしたら、今度は俺の身が危うくなる。ナーゼルとラヒムの背後には、母方の……なんてったっけ？　おっかない一族がついてるんだろう？」

「そう。アル＝ハリーブ一族だ。やつらを牽制《けんせい》するためにも、処分は必要なのだ」

「おい……！」

「黙って投降すればそれでよし。抵抗したら宮殿ごと吹き飛ばす。私の治世ははじまったばかり。初手でつまずくわけにはいかぬ。我が意に逆らう者は、たとえ兄弟であろうと、相応の罰は受けるのだと示さねばならぬ」

常に確固とした信念で動く男の言葉に、迷いはない。

「何より、この国でスルターンに逆らうことは許されぬ。父上の所業が非道とわかっていても、十年ものあいだ見すごしにされてきた。それほどに、バハール首長国におけるスルターンの権威は絶対なのだ」

そう言うアスラーンだが、いま彼がしようとしていることは、父親がしていたことと何が違うのだろう、と志摩は思う。

欲望のままに欲しいものを手に入れ、逆らう者は力尽くで排除する――それは、月《カマル》の力を盾として、政敵を切り捨てたスルターン・ナジャーと、どう違う。

「俺はスルターン・ナジャーを知らない。――知らないけど、いまのあんたの顔は、月《カマル》の力に魅《み》入《い》られて変貌してしまった父親と、同じじゃないのか？」

「何……？」

「気に入った者だけを侍らせて、気に入らない者は排除する——結果、スルターン・ナジャーは、民からの信頼までも失い、近衛兵を決起させ、長老会議《バルラマーン》にも否定された。いきすぎた専制は恐怖を呼びおこす——そんなの、平和ボケした日本人の俺でさえわかる」

この国……こうして周囲を見回せば本当に砂漠しかないのに、その奥深くに埋もれていた石油の恩恵で、かつてない豊かさを享受《きょうじゅ》している国。

新たなスルターンのもと、伝統を大切にしつつも、忌むべき因習から脱却し、子供らが本心から笑って暮らせる日々を目指そうとしている。

アスラーンの治世が失敗しようが成功しようが、日本への石油の供給量が少々変わるだけで、大半の日本人にとっては無縁の国。

志摩にしても、ほんの数カ月前までは、そうだった。

名前を耳にしたことがあるだけの、空路を使っても十時間以上もかかる、遙かな異国。

（ただ、それだけだったのにな……）

でも、もう違う。

スルターン・アスラーンは、志摩にえもいわれぬ快感を教え込んだ恋人だ。

いま装甲車に乗っている武装した兵士たちは、常ならＳＰとして志摩を守っている。

この地に生きる人々は、臣下も、侍女も、市《スーク》に満ちる商人も、庭で遊ぶ子供らも、もう無視できる存在ではない。

サァー、と砂丘から吹き寄せる熱波が、志摩の身体を、心を燃やす。

この国……この情熱の国を、志摩はもう嫌いではないのだ。

らしくもなく、よけいなお世話をしてしまうほどに。

「——あんたは、こんなふうに力を使っちゃダメだ」

強さを見せつける方法は、戦いだけではない。

守り通すことこそが、本当の強さなのだ。

「民が望んだ獅子王は、もっと寛大なもんだろう」

即位したばかりのスルターンにとって、王座を盤石とする必要があるのは、わかる。

わかるが、方法が悪すぎる。

ただでさえアスラーンは、獅子王と呼ばれるほどに、強靭《きょうじん》さが売りなのだから。

武器など使わなくても、その金色の瞳で睨みつけるだけで、人を平伏させるだけの覇気を持っている。

「俺は……まあ、自分で言いたかないけど、端から見れば遊びの相手だ。男だしな。俺に本気だって言ったって、俺でさえ信じられない。——確かに、ラヒムはやりすぎたが、誰だって、その程度の相手としか、俺を見ちゃいないってことだろ」

どれほど、アスラーンが熱く愛を語ろうと、傍目にはその程度だ。

そのことを志摩自身は、誰よりも理解しているし、妾妃とは違って、あわよくば国母《こくも》になろうなんて大望は最初から抱けないから、できるだけ軽く言い捨てる。

「あんたもスルターンなら、それくらいはわかれよ。俺は遊びだって、割りきれよ」

それで、じゅうぶん。

男同士で永遠など、誓うだけ不毛。

それに、欲しいものはもうもらった。この胸に満ちるほどに。

「だからもう、無用な怒りで、ことをやっかいにするなよ」

大げさすぎる軍用装甲車に揺られながら、志摩は笑う。

それを聞いて、アスラーンは横顔で呟いた。

「……おまえに、そう言わせるのは、私なのだな」


砂煙を上げて、熱砂の砂漠をひた走ること四時間あまり。それは、墓標のように建つ朽ちかけた遺跡群を過ぎたあたりで、唐突に姿を現した。

どこまでも茫漠と続く砂丘のあいまを縫って、ゆるやかに流れる銀色の河。

「川……があるのか？」

「ワジだ。雨期と豪雨のときにのみ水が流れる、涸れ川だ」

「いまは雨期じゃないよな？」

「突発的な豪雨でもあったのだろう。一時的なものだ。すぐに涸れる。だが、それでもこの地に住まう者たちを支えてきた、命の水源なのだ」

　やがて砂の中に消えてしまう、幻のごとき河。

　照り映《は》える陽光を受けた流れは、まるで悠然とたゆたう大蛇のようだ。

　川縁の一角に、日乾《ひぼ》し煉瓦の隊商宿《キャラバンサライ》が建ち、椰子《やし》の木陰には遊牧民の天幕が張られ、小さな市《スーク》を形成している。

　観光客などまるで縁のない、普段の生活がそこにあった。

　エキゾティックな楽の音と、人々のざわめきが、微かに風に乗ってくる。

「青い悪魔《アル・アズラグール》の者たちもそうだが、いまもこうして遊牧生活を続けている民族もいるのだ」

　国民すべてが豊かさを享受している時代に、ラクダの背に荷を積んで、三角帆の船を漕いで、二千年変わらぬ日々を繰り返している者たちがいる。

　市《スーク》を脇目にしながらさらに進むことしばし、日乾し煉瓦の建物に遮られていた、河の上流の景色が目に入ってくる。一キロほどさきの対岸に建つそれは、ガイドブックでさえお目にかかったことのない代物だった。

「何、あれ……？　あれが、ナーゼルとラヒムの宮殿？」

「そうだ。ここはあれらの母方、アル＝ハリーブ一族の地。河を中心とした貿易の都として発達した一族の、その最盛期に築かれた離宮——通称、水晶の宮殿《ビッラウラ・カスル》」

アスラーンが住まう天上の宮殿《ジャンナ・アル・カスル》も青いドーム屋根が印象的だったが、この離宮は、壁面までもが青いタイルで覆われている。

ほっそりとした尖塔《ミナレット》に囲まれ、空に溶け込んでいく優美極まりない、水晶宮。

その全景がさざ波ひとつない川面《かわも》に映って、遠目に見ると、水中に地上と同じ形の竜宮城があるかのようだ。

「あんなの、観光ガイドに載ってなかった……。いい感じに歴史を感じさせるんだけど、あえて古めかしく塗装してあるだけとか？」

「まさか。アル＝ハリーブ一族の最盛期は、六百年以上も昔のこと——大航海時代のさらに前。あれは当時のままだが、確かに古めかしいな。このさい、後腐れがないようにぶっ壊して、建て直してやるか」

「や、やめんかーっ！」

叫ぶなり志摩は、目的地に近づきスピードを落としはじめた装甲車から、飛び降りた。

両手を広げて、ロケットランチャーを構えている兵を、ギッと一睨みする。

「危ないぞ。そこにいると吹き飛ばされかねん」

呑気なアスラーンの忠告に、ふざけるな！　と吐き捨てる。

「だから、吹き飛ばすなっ！　六百年も前の建造物となれば、人類の遺産だ！」

「ふむ……。勇敢というか、無謀というか、妙なところにこだわるな」

「これでも文化人の端くれの端くれだ。百年後に残る作品なんか、俺には絶対に生み出せないが、知的財産と文化遺産の保護には、身体を張るぞ！」

文化人と自負するわりには、ずいぶんと卑下《ひげ》した物言いをしながら、それでも一個小隊の前に立ちはだかる志摩を、アスラーンはどこか面白そうに見ている。

「おまえ、そういうことに身体を張るタイプではなかろう」

「そ、そうだよ。むしろ真逆ってか……だから、足、超震えてっから」

「だろうな。作家気どりでいても、その実、芸術を憎んですらいるのだから」

「おうよ、作家気どりのエセ芸術家で、悪いか!?　ぶっ壊したい衝動とあこがれは、表裏一体。この世からすべての本物が失せたら、俺は誰よりもがっかりするんだよっ！」

古《いにしえ》のもの、美しいもの、憧憬《どうけい》の心を揺さぶるもの。

そして、あまたの凡人を踏みつけて立つ、才長けた者の手になる、至上の芸術。

志摩の心を羨望《せんぼう》に震わせ、同時に、憎しみすら覚えるほどの嫉妬を呼びおこす——さまざまなものたち。

泣きたくなるほどの感動を覚えるたびに、でも、それを生み出す才能を与えられなかったことに歯噛みして、いっそすべてなくなってしまえ、と呪ったことは一度や二度じゃない。

「俺だって、色々ぶっ壊したいもんはあるよ。ありすぎるほどに……。けど、やっちゃダメなんだって踏みとどまるのが、知性を持った人間なんじゃねーの？」

この世が偽物で溢れ返り、真偽を見抜くこともできぬ愚かな大衆が、それをご大層に奉《たてまつ》るようになったら、さぞや胸がすくことだろう。

どんなにか安堵するだろう。

どんなにか絶望するだろう。

相反する想いを胸のうちに飼いながら、最後には結局、あこがれが勝る。

飢え、渇き、焦《こ》がれ、のたうち、手を伸ばし、望み、欲し、瞳見開けば、鼓動は高鳴る。

愕然と、この世の美に打ちのめされる、恐れにも似た瞬間。

泣いても、わめいても、あがいても、どうにもならないそれこそが志摩の生きる原動力なのだと、紛れもない真実をも見抜いているから。

見抜けるほどに、審美眼だけは持っているから。

「許さない……！　ただのひとかけらでも、破壊するなんて許さないっ！」

「ああ、そうだったな。おまえの主義は、嫌い嫌いも好きのうち、だったな」

「そんなひねくれた主義なんか、持ちたくないっ！」

だが、実際そうなのだから、腹が立つ。

憧憬と嫉妬。破壊と創造。愛情と憎悪。

そういう諸々を抱え込んで、志摩は書く。

無様《ぶざま》でしかない作品を、コンプレックスの固まりを——それでも、たまさか創造の一瞬をつかんだかのような錯覚を味わいながら、書き続ける。

負けっぱなしの自分が、いやで、いやで、いやで、なんとか少しでも近づきたいと、天に手を伸ばして虹をつかもうとあがく行為を繰り返す。

つまらない男だ、と自分でも思う。

本当に色々と中途はんぱすぎて、情けない。

だが、そんな男を、アスラーンは恋人だと言うのだ。

この美しい国——よけいなものがひとつもない。神秘の歴史と、あこがれと、富に満ちたこの国を導く獅子王が、たかが志摩なんかに価値を見出してくれる。

——だから、壊させたりしない！　あんたを、誰にも！

いまにも胸を裂いて、叫び出しそうになる激情をこらえながら、知恵を絞る。

「俺は恋人だよな？　俺の望みなら、なんだってかなえてくれるんだろう？」

「ふーん。こういうときだけ、恋人の立場を利用するか」

「ああ、そうだよ。そういう姑息な男だよ、俺は！　わかってて選んだのは、あんただろうが。だから、あれを俺にくれ！　あの水晶宮を、未来永劫変わらずここに存在させてくれ！」

つごうのいいときだけ、恋人の立場を利用して我を通す志摩に、アスラーンは苦笑する。

「さて、困ったものだ。悪戯な弟たちへの処罰と、恋人からのおねだりと、どちらを優先させるべきか」

悠然と言って、ひらりとクフィーヤを閃かせ、志摩のそばへと降り立った。

衆目《しゅうもく》の中にもかかわらず、恋人の頤《おとがい》に手を伸ばし、唇を寄せる。

「無粋《ぶすい》な戦闘より、おまえとすごすほうが私は楽しいが。——となれば、おまえは認めるのだな、我が恋人だと。認めるならば、見返りは期待するぞ」

「……そ、それは、あとで考えるとして」

「身勝手なものだ。だが、可愛いから許す」

ちゅっ、と触れるだけの口づけをすると、アスラーンは背後を振り返り、何事かを命じる。

武器を構えていた兵たちが、一様に戸惑いとも安堵ともつかぬ表情で、警戒を解く。

「では、話しあいとやらに行くか」

陽炎の中、青く揺れる宮殿へと、アスラーンは足を向ける。

「スルターン・アスラーン！」

兵士たちが、いっせいに色めき立つ。それを言葉もなく一睨みで黙らせると、アスラーンは手に持った湾刀《シャムシール》をすらりと引き抜いた。

「この白刃で私の怒りは知れよう。あとは、あちらの出方しだい」

邪魔だとばかりに鞘は投げ捨て、アスラーンは歩き出す。

「ちょ、ちょっと待て、ひとりで行く気か？　ＳＰくらは連れていけ……」

両極端すぎるだろう、と慌てて志摩はアスラーンの腕をつかむ。

「おまえが話しあえと言ったのだぞ。護衛がいなければ、弟の居城に入れぬようでは、そもそも話しあう意味がない」

金色の双眸がひときわ輝きを増し、きっぱりと言い放つ。

（ああ、そうだった……、アスラーンは、近衛師団がスルターン・ナジャーを捕らえて、王宮に立てこもったときも、ひとりで話しあいに向かったんだった）

自分の命を惜しむという感覚は、アスラーンにはない。

ただ、いまやるべきことに、全身全霊を向けるだけ。

そうして、右手に握った剣の煌めく白刃だけを頼りに、水晶宮へ続く石橋へと踏み出した。

8

アスラーンの進んでいくさきで、宮殿の侍従たちは、次々と頭を垂れて道を空ける。

誰ひとりとして、スルターンの足を止めようとする無礼など、思いもつかないのだろう。

王家の人々のあいだには、外には見えない怨恨も色々とあるらしいが、それでもこの地に住まう諸民族は、二千年以上も前から、アル＝カマル一族の首長を中心にまとまってきた。

志摩が見てきたかぎり、その信頼が簡単に揺らぐはずはない。

血を吐くような思いでスルターン・ナジャーを退位させて、ついに得た獅子王こそは、彼らの希望の星なのだ。

それを傷つけようとする愚か者などいない。いるはずがない。

信じているから、アスラーンの歩調は揺るがない。志摩が息せききって追わなければならないほどに、進んでいく足どりは力に満ちている。

何度か回廊を曲がり、階段を上り、ついに至った高いドーム天井の壮麗《そうれい》な部屋に、たたずんで待っていたのはラヒムだった。

「兄上……！」

その手に剣を下げているのは、戦う意志があるからなのだろうか。

「ラヒム、私の怒りを不当と思うなら、剣を抜け。自らを恥じるなら、首を差し出せ」

アスラーンの口から飛び出したとんでもない二者択一に、ラヒムは驚愕に目を見開く。

「俺は、兄上に……お楽しみいただけるかと……」

「楽しませてもらったぞ。——だが、それはそれ、これはこれ。スルターンの所有物に手を出した以上、相応の罰は覚悟しておろう」

「た、たかが遊びの相手……。あれくらいの奉仕は、当然！」

わざわざ得意でもない日本語を使っているのは、志摩に聞かせるためなのだろうか。

なぜ、あんな暴挙におよんだのか、その理由を訴えているのかもしれない。

「まさか、兄上ともあろうお方が、そんな外国人相手に本気のはずは……」

「本気だ」

だが、ラヒムの身勝手な言い訳を、アスラーンは一言で遮る。

「志摩は、私の唯一の恋人ぞ」

す、と右手を差し上げ、剣先をラヒムの胸元に向ける。

「剣を抜け、ラヒム。私を楽しませたいなら、志摩を使わず、自ら相手をせよ」

「あ、兄上っ……！」

「抜けっ！　子供のころにやった、チャンバラごっこのようなものだ。おまえが抜かねば、この宮殿の者ども、すべて連座《れんざ》の罪につかせるが、それでもよいか？」

「そこまで……そこまで、そのような者に、心を奪われておいでか……！」

選択の余地もない脅しに、ラヒムは、ならば、と剣を両手につかんで斜めに構える。

「目を覚まさせてさしあげます、兄上……俺の命を懸けて！」

強気で言うわりには、柄を握る手にも、鞘から引き抜く仕草にも、力強さはない。

「では、参れ！」

ひゅん、と空気を引き裂いて振り上げられたアスラーンの湾刀《シャムシール》が、容赦もなくラヒムの喉元へと向かう。まさに獅子の牙のごとく。

紙一重で、目の前に構えた剣で、それを受け止めたものの、自分から攻撃する意志のないラヒムは、アスラーンの圧力に押されて、じわじわと後退っていくばかり。

(無理だ……。ラヒムには、アスラーンと戦う意気地はない……！)

キィン、と鋼《はがね》の打ちあう音が響くたびに、ラヒムの顔に苦渋の色が広がる。

「お、俺をお手打ちになさるのなら、お好きにされませ！　ですが、ならば、ナーゼル兄上を皇太子に……次兄が継いでこそ、順当というもの……」

「なるほど、それが本心か？　ナーゼルのために、あえて自分は毒を飲むか。だが、貴様には私に進言するほどの価値はない！」

「なぜ、そんな男を？　我ら家族より大事だと……!?」

必死に言いつのるラヒムだが、家族を盾にされて、それで心を動かすアスラーンではない。

家族だからこそ、許せないことがある。

王家の者だからこそ、やってはいけないことがある。

それすらわからないのなら弟と名乗る資格はない、と振るうアスラーンの剣は、速い。

「そんな、と見下すその心根が、気に入らぬ！」

激怒の叫びとともに、ラヒムの手から撥《は》ね飛ばされた剣が、宙を舞う。

ガツッ、と鈍く響きながら床に転がるそれを、ラヒムはもう拾うことができない。

一瞬で間を詰めたアスラーンの剣先が、その喉元に迫っていたから。まさに首の皮一枚のところで、ひたと止まり、同時にラヒムの動きを封じる。

「貴様の趣向《しゅこう》を褒めてやるほど、私はお人好しではない。ナーゼルに踊らされただけの者が」

「どうして……そこまでナーゼル兄上を、うとまれる……？」

「あれには、誠がない！」

その手にある剣が、本当にラヒムの首を刎《は》ねるのではないかと、見ている志摩が戦慄《せんりつ》するほどの怒気を全身から発散させる、獅子王アスラーン。

だのに、やめろ、と止めに入ることすらできない。

声をかけるだけでその場の均衡《きんこう》が崩れて、アスラーンの右手が動きかねないと、志摩は緊張に息を吞む。

そんな一触即発の状況を破ったのは、どこまでも静謐《せいひつ》な声だった。

「……おやめください、陛下」

この声の主は、自分が刃を突きつけられていても、たぶん同じように冷静に言うのだろう。

「ラヒムの咎《とが》ではありませぬ。志摩様は陛下にとって玩具にすぎぬ、と煽ったのは私。お裁きならば、どうぞ私にくださいませ」

微かな衣擦れの音とともに現れたのは、いつもながらどこか不吉な感のある、全身黒ずくめの衣装に身を包んだ男、ナーゼルだった。

「……煽った、と?」

振り返りながら問う、アスラーンの怒り含みの声は、低い。

「ラヒムにとって、兄上はもっとも尊敬するお方。どれほど気に入らずとも、兄上の客人を辱めるまねは、軽々にはいたしませぬ。――それがわからぬ兄上でも、ありますまい」

ナーゼルは怯むことなく、淡々と自らの罪を告白する。

「――私がラヒムの心に、邪《よこしま》の種を植えつけたのです。陛下の寵愛《ちょうあい》を受けながら、閨での作法も知らぬ不出来な玩具。躾《しつ》け直す必要があるが、あの細腰では、そもそも兄上を満足させるのは無理な話。ならば、道具のひとつやふたつ使うしかないのかもしれぬ、と」

冴え冴えとした顔《かんばせ》に、怯えの色ひとつ見せず。

形よい唇から流れ出る、流暢な日本語に皮肉すら込めて。

「私は淡泊ゆえ、兄上のお気持ちはわからぬが、気性の似たラヒムならばわかろう、と少し煽っ

ただけで、思いどおりに動いてくれました」

アスラーンの怒りを前にしても、常の笑みを刷いたまま、言ってのける。

（こいつ……こんなふうにしゃべるやつだったか？）

他人の言葉を借りてではなく、自分の言葉で語るナーゼルのそれが、偽りではないと志摩にもわかる。

たぶん、間違いなくナーゼルの言うとおりなのだ。

ラヒムは単純だから、兄上のためにと、本気であの悪戯をしたのだろう。

だが、なぜいま、その企みを自ら告白するのか。すらっとぼけて、ラヒムにすべてをなすりつければ、皇太子候補がひとり消えるのに。

「それで、ナーゼル、おまえは弟を想ういい兄を演じたつもりか？」

アスラーンも同じ疑問を持っているのか、問いかける声は、容赦なく鋭い。

偽りは許さない。今度こそ本心を見せろ、と睨む双眸の気迫に、さしものナーゼルも答えを探しているようだ。

その態度を見て、志摩は、実は自分が感じていたことが当たりだったのでは、と閃く。

（なんか……まさかとは思ってたけど、やっぱりそうなのかな？）

沈黙を挟んで対峙《たいじ》するアスラーンとナーゼル、真実を突き止めようとする者と、真実を隠そうとする者——どうしても相いれない立場のふたり。

そのあいだに、志摩は自ら割って入る。

「ナーゼル殿下の行動には、色々と理由はあるんだろうけど、被害者として、感じたことを言わせてもらう」

その場の視線が自分に集中したのを感じながら、お節介を承知で口を開く。

「まずは、アスラーンの本心の確認だろうな。本当に俺が恋人なのか。その上で、どれほど本気なのか。――同性愛の趣味のないナーゼル殿下には、その判断がつかなかったから」

「…………」

「ついでに、ラヒムの器量を見定めようとしたってところか。――あんた自身は、皇太子の地位には固執してないみたいだし。まあ、アスラーンにうとまれているのも、自覚してるんだろうし。といって、ラヒムに託そうにも、そもそも皇太子の器でなければ意味がない。だから、ラヒムを煽って出方を試した。――結果、思った以上に短絡的だったわけだが」

ナーゼルは黙《もく》したまま、志摩の勝手な推理を、聞くでもなく聞いている。

「まあ、それでもラヒムなりに、尊敬するナーゼル殿下の意見を聞きつつ、さらに敬愛するアスラーン陛下への忠誠を見せたつもりだったんだから、ある意味、純粋で誠実ではある。――問題は、それをアスラーンが許すかどうかだ」

そして、アスラーンは、ラヒムのバカを許さなかった。

はなはだしく私情は交じっていようが、スルターンの恋人に手をかけるのは、スルターン自らの身体に手をかけると同義、とのアスラーンの判断ももっともだ。

ナーゼルはラヒムを煽るなら、そこまで見こさねばならなかったのだ。

「あんたは、もっとも重要な、アスラーンの気持ちを見間違えた」

ミステリー作家の業の種明かしを、一方的に志摩はぶつける。

「反論の余地はありません。確かに私は、兄上の本気を見誤《みあやま》っておりました」

ふ、とナーゼルは、自嘲《じちょう》の微苦笑を浮かべる。

「あなたが……さして価値があると思えぬ、あなたが……」

彼の目には、志摩はなんの変哲もない日本人としか、映っていないのだろう。

宮殿の装飾にため息をついて、遺跡を巡って、砂漠をチラ見して、ラクダに乗って、ベドウィンの生活を味わった気になって、あとは冷房の利いたホテルですごしながら、土産に大枚を叩いてくれる、実に歓迎すべき日本人観光客――それと似た程度の存在。

そんな男に、アスラーンが心底からの情熱を注ぐわけがない――そう決めつけてしまったのが、ナーゼルの敗因なのだ。

「まさか……兄上の本気の恋の相手だったとは。これぱかりは、私の計算違いでございました」

すべては、ここまでアスラーンが激怒するとは思わなかった、ナーゼルの失態。

「ナーゼル殿下、あんたは考えすぎてる。アスラーンはもっと直球だ。変化球はない」

それがたかだが三カ月ほどではあるが、志摩が身体で感じたアスラーンという男だ。

彼が愛を語るなら、そこに偽りや策略はない。

相手の想いもまた、言葉だけではなく、行動で判断する。

それを見切ることに絶対の自信があるから、恋人の気持ちを誤解したりしない。

どれほど志摩が素直に愛を告げられなくても、身体が伝えるものがあるから、無償で信じる。

そこにあるのは、ただ真実の愛だけだ。

そして、その対極にいるのがナーゼルなのだ、と志摩はもうわかっている。

だから、スルターンの立場にあるアスラーンが、なんの思惑もなしに、男を恋人と公言するはずがないと、裏にはなんらかの思惑があるはず、と深読みしてしまう。

それが、ナーゼルの思考回路なのだろう、と志摩は我が身を振り返りながら思うのだ。

「あんたには、アスラーンの純粋さが理解できなかった。――そもそも人間は、下心なしで動くはずはない、くらいに思ってるだろう？」

「ですね。私もまた下心だらけの人間ですので」

「で、あれこれ探ろうとした」

「認めましょう、それも。――なので、あなたを利用させていただきました。ラヒムだけでなく、臣下の者どもの反応もまた、ことがことゆえなかなかに露骨《ろこつ》でしたので。あなたへの態度で、誰がどんな思惑でいるかを、探ることもできました」

「一挙両得どころか、三得も四得も狙ったんだろうが、アスラーンの気持ちを見間違えていたから、こんなとんでもない事態になっちまった。——策士策に溺れる、ってやつだ」

「まさに……。人の心はわからぬものです」

さすがに、アスラーンにラヒムの首を刎ねさせるわけにはいかないから、こうして姿を現したということなのだろう。

だが、ナーゼルの物言いが、いちいちアスラーンには気に入らないらしい。

「よくも言う、ナーゼル。いちばん底の見えぬ男は、おまえではないか」

もう興味もないとばかりにラヒムを放り出して、アスラーンはナーゼルに対峙する。

アル＝カマル一族の中で、もっとも理解不能な弟の前に。

「私は何度も問うた。おまえの考えを、おまえの主張を——王家の者として、何がこの国に必要と思うか、と幾度となく訊いた。だが、一度もおまえは答えなかった」

「……はい……」

「理由を申せ。今度こそ隠しごとなく」

「——答えれば、それは兄上のお考えに、異を唱えることになるからでございます」

そして、凪いだ湖面のような瞳が嵐に波立つがごとくに、ナーゼルは言い放つ。

「ここに……この胸の中に、昏い淀みが渦巻いております。兄上の言動こそ正義と感じながらも、そのすべてに賛同することのできない私の、兄上とは決して交わらぬ信念がございます！」

ナーゼルは尊敬すべき男を仰ぎ見て、左手を自分の胸に当てる。

「兄上は正しい。常に正しい道を選ぶ——そのおきれいさに、私はうなずくことができなかった。それでは甘いと、それでは違うと、それでは示しがつかぬと、獅子王と君臨《くんりん》なさるには狡猾さも必要と！　叫びたいほどの気持ちを押し隠すには、口を塞ぐしかなかった……！」

胸に秘めた思いを、斬りつけるほどの強さで、言葉に変えてぶつけてくる。

その苛烈なまでの激情は、やはりアル＝カマル一族の者の証。

「……ようやく、本音を吐いたか」

ナーゼルを睨みつけるアスラーンの金色の瞳が、今度こそ偽りなくさらけ出された、弟の言葉を見切っている。

「すました顔をして、腹の中では私の甘さを嘲笑《あざわら》っていたか？」

「嘲笑ったことなどございません。むしろ恐れておりました。いつか兄上は、私の欺瞞《ぎまん》を見抜く。月《カマル》の力を持つ子らよりもなお鋭い炯眼《けいがん》で、かならずや私が作り上げた虚像を、看破《かんぱ》なさるに違いないと……」

「なるほど。欺瞞と認めるか？」

アスラーンは柄を握る右手に、力を込める。

「口をつぐみながら、内心では反旗を翻しておったわけだ！」

叫ぶなり、アスラーンは右手を振り上げる。

その殺気立った動きに、志摩がギョッと目を瞠《みは》る。

ラヒムもまた驚きながらも、とっさにナーゼルをかばおうと、床を蹴る。

「三十年……よくぞ私をたばかってきた！　その罪、軽くはないと知れ！」

狙い違わず、振り下ろされる白刃の煌めき。

ラヒムがナーゼルに身体ごとぶつかって、刃をよけるのと、志摩がアスラーンを背後から羽交《はが》い締《じ》めにするのが、ほとんど同時だった。

「ま、待てっ！　アスラーン……！」

紙一重でナーゼルを仕留めそこない、虚しく空を切った剣先が、ガツンと鈍く床を打つ。

「待てって、ちゃんと話を聞け！　たばかってなんかいない！」

「志摩、放せっ……！　裏切り者を、捨ておけというか？」

「だから、裏切ってないって、言ってんだろっ！」

頭に血の上った男を鎮《しず》めるために、右手の拳に渾身《こんしん》の怒りを込めて、志摩は全力でアスラーンの頬に叩きつけた。拳どころか、肩が外れるんじゃないかと思うほどの衝撃が腕を震わせたのに、アスラーンの巨体は一歩後退っただけだ。

「……ッ……てぇ……！」

あまりの痛みに、志摩は火傷でもしたかのように、手を振る。

「……ったく、象かよ、あんたの面《つら》の皮の厚さはぁ！　殴った俺のほうが、ヒーヒー言ってるって、マジかよぉ」

涙目になっている志摩を、アスラーンは唖然《あぜん》と見下ろしている。

自分が殴られたことより、それをした相手が志摩だということに、驚いているのだろう。

「志摩……？」

「どうした、びっくりか？」

「ああ……。あまりにへなちょこなパンチに……驚いている」

「そうかよ、悪かったな。――これでも渾身の力を振るったんだぞ。俺は乱闘向きじゃないんだ。こんなことさせるな！」

拳を使うなんて、ぜんぜん志摩の範《はん》ちゅうじゃない。

身体はスポーツで鍛《きた》えていたつもりだったが、それでも人を殴るとなるとわけが違うと、この一発で思い知った。

（いちいち、らしくもないことをさせやがって……この大バカ野郎がっ！）

ふざけるな、と怒鳴ってやりたい。

もうさんざん、沸点を超える経験をさせてもらったが、自ら手をくだすというのは、あまりに刺激が強すぎて、手のひらどころか胸まで痛む。

「で、少しは頭が冷えたか？」

「……ああ……」

うなずいてアスラーンは、ラヒムともども床に転がっているナーゼルに、視線を落とす。

「初めておまえの真実を見た。間違いなく、いまの言葉はおまえの本心だった。——三十年ものあいだ、私と意見を異にしながら、それをひたすら隠してきたのか？」

「…………」

ナーゼルは答えない。言い訳は無様とでも思っているのか、ただしゃがんだままうつむいて、床の紋様を見つめているだけだ。

その代わりにと、志摩はアスラーンに言い聞かせる。

「隠しはしたけど、だましたわけじゃない。ナーゼル殿下は、あんたとは主義主張が違うんだよ。たぶん、対極ってくらい真逆なんだ。本音を言えば、対立することになる。賛同すれば、偽りになる。——月《カマル》の力はうそを見抜けるから。だから、ナーゼル殿下は口をつぐんだんだ」

勘でしかないが、たぶんさほどに間違ってはいないはずと、志摩は自分を振り返って思う。

——バレたときにとり返しがつかないようなうそは、つかないほうがいい。

それが、ちょっと前までの志摩のモットーのひとつだったから。

うそをつくくらいなら、黙っていればいい。

すべてをまっ正直に吐露《とろ》して生きていけるほど、この世はおきれいにできていないから、無難《ぶなん》な言葉だけを並べて、不利なことは口にしない。

本音と建前を使い分け、打算で生きていくことの何が悪い？　と開き直り、器用に世渡りしていたつもりなのに、それがまったく通じない男に出会ってしまった。

眩しすぎるほどの情熱を、まっこうからぶつけられてしまったおかげで、いまは隠しごとなど無意味な気になってきて、けっこう本音も漏らしている。

それでも、芯から素直になりきれないのは、習い性というものだ。

「ラヒム殿下とのチャンバラの延長で、ナーゼル殿下の言葉を聞いたらだめだ。あっちは熱血、こっちは冷血——感情論をぶつけあったら、ナーゼル殿下は反論しかできない」

ぺしぺし、とアスラーンの頬を軽く叩いて、志摩は言い聞かせる。

「……子供あつかいするな」

「だったら、ちゃんと話をしろ。弟だからって特別にあつかうな。ひとりの臣として意見を聞いてやれ」

渋々というふうにアスラーンは剣を放り出して、ナーゼルを見下ろす。

「話してみろ。聞いてやる」

ナーゼルはしばし迷っていたが、言いたいことは三十年ぶんも溜まっているからと、うつむいたまま、ぽつぽつと語りはじめた。

「……私は、他の弟たちよりずっと長く、兄上のおそばにおりました」

「そうだろうな。次男なのだから」

「兄上は一度たりとも迷われたことがない。私には、それが不思議でなりませんでした。兄上の自信は、月《カマル》の力を持つ子供らよりも強く、揺らぐことがない」

「当然だ。皇太子が揺らいでいて、どうする？」

ふ、と薄く笑んで、ナーゼルは顔を上げた。

端整な面に、いままでにはなかった怯えの陰がある。

「いつも……責められている気がしておりました。私のうちにあるものをお見せしたら、きっと兄上はお叱りになると……」

この不遜なまでに自信満々な兄に、心弱い人間の、疑心暗鬼《ぎしんあんき》に満ちた心根を伝えられるのかと、考えあぐねているように、睫《まつげ》を揺らす。

そして、アスラーンの金色の瞳は、ナーゼルのそんな揺らぎを即座に見抜いてしまう。

「だから、それを言ってみろ。言わずに悟れとは、虫がよすぎる」

責めているつもりはなくても、アスラーンの言葉はいちいち人の本質を突きすぎる、と志摩はどこまで行っても平行線をたどりそうな会話に割り込んだ。

「わからないかな？　さっきから言ってるだろ。ナーゼル殿下は腹黒いんだよ」

ギクッと、擬音が聞こえたほどに、ナーゼルが肩を揺らした。

アスラーンが、何？　と隣に立つ志摩を見る。

「俺もひねくれ者って自負があるんで、なんとなくわかるんだけど——ナーゼル殿下は、根性曲がりなんだよ。素直じゃないっていうか、あれこれ人の裏をかいたり、人を陥《おとしい》れたりしたがる、かなり悪辣《あくらつ》なタイプ」

「おまえはひねくれ者ではないぞ。確かに素直ではない部分もあるが、私から見れば、それもまた可愛い部分だ」

「いや……無駄なノロケはいらないから」

ないない、と志摩は手を振って、話を戻す。

「俺はどんなに曲がってても、しょせんは平和ボケの日本育ちだから。――けど、ナーゼル殿下は砂漠の戦士のお家柄なわけでしょ。本音ダダ漏れさせたら、絶対にあんたとは意見が合わない。右と言えば、左と言うくらい」

「……む……」

「でも、それは考え方の違いってだけで。出発地と目的地は同じなんだ。たぶん、道順と方法が違いすぎるってだけで。――あんたは、盗賊に襲われようと逃げずに戦って、ひたすらまっすぐにオアシスを目指す。けど、ナーゼル殿下は、力のないぶん頭を使う。あちこちに罠を張って、盗賊どもをひとりふたりと排除しながら、遠回りをして進む」

これはいい喩《たと》えだと、志摩はにっと自画自賛の笑みを浮かべる。

だが、アスラーンはどこか納得がいかない様子だ。

「それは能率が悪いな」

「逆だよ。すこぶる効果的だ。あんたは、振り返らずにまっすぐ進めばいい。とりこぼした盗賊どもは、ナーゼル殿下が後始末をしてくれるんだから」

「…………」

「ほらな、気に入らないんだろう。誰かに自分の後始末をさせるのは違う、って思ってる」

「いや……。すべてを自分の手で片づけられると思うほど、私は自惚れてはいない」

いないが、とアスラーンは考え込む仕草をする。

ややあって、ナーゼルに問いかける。

「では訊く。いま、私の政策の何にいちばん反対している？」

質問が具体的だったがゆえに、もう本性を隠すことをやめた弟から、答えは即座に返ってくる。

「父上のとり巻きだった者たちへの、処遇です」

「前の大臣どもか？」

「父上に不安をささやき、保身を図るように仕向け、月の力《カマル》の予言と称して、父上を愚行へと追いやった者ども」

「全員、罷免《ひめん》したぞ」

「ですが、国庫から掠めとった財産はそのままで、楽隠居を決め込んでおります。あの者どもが送り込んだ月の力《カマル》の子供たちなど、大半は偽物です。ですが、その言葉に踊らされ、どれほどの忠臣が重職から外され、地方の閑職《かんしょく》へと追いやられているか、兄上はご存じありますまい」

「それを、いま正そうとしている」

「まだ少しも正されておりませぬ！　誰が何を訴状しようとも、兄上がご覧になる前に、書類は内通者の手で改ざんされてしまいます。偽りの罪、偽りの功績――それがなんの判断材料になりましょう?」

ナーゼルの言いぶんは、一方で正しい。

だが、それはどだい無理な話だ。即位したばかりのこの時期、ただでさえ問題は山積なのに、何千人もの臣下の真偽を確かめる余裕はない。

ナーゼルの苛立ち、焦燥《しょうそう》、無念――それを理解してもなお、できないことはある。

「私が手を抜いていると言うか?」

「いいえ……いいえ! 皇太子時代の兄上は、父上が政治に倦《う》んでしまったぶん、多忙にすぎました。いまも、父上が作り上げた理不尽な体制を立て直そうと、精一杯のことをしておいでです。それでも、あなたの御手からこぼれ落ちていく者は、確かにいるのです!」

「……そうか」

ナーゼルはその場に両手をついて額《ぬか》ずき、願いを告げる。

「ですから、お願い申し上げます。せめて、父上に道を誤らせた奸臣《かんしん》に厳罰を!」

「それは、できぬ」

「なぜ……? あなたには、その権限があるのです!」

ナーゼルの憤《いきどお》りを理解しても、できないのだ、とアスラーンは首を振る。

「私は、心ならずも父上に力で退位を迫った。その治世の最初に、力での報復はしたくない」

「それがぬるい、と失礼承知で申し上げます！」

「……ぬるい、か」

ボソリと呟いて、アスラーンは片頬を上げて苦笑する。

「確かに、右と言えば、左と言うな」

「はい。三十年ぶん、溜まりに溜まっておりますれば、このさい、本心をねじ曲げてでも反論したい気持ちです」

「それは……あんまり正直ではないぞ」

「性根は変えられませぬ。私はそういうものなのです」

「まあ、このさいだ。言いたいことを申せ。他に何が気に入らぬ」

「兄上は趣味が悪すぎます」

端的に言って、ナーゼルは上目遣いで、志摩を睨む。

「え？　お、俺……？」

こうしてあんたの味方してやってるのに、と志摩は目を丸くする。

（なんで？　それは、あんまり恩知らずじゃないか……）

もっとも、ナーゼルの性格では、恩義と主義はイコールにはならないのだろう。

「最初に志摩様のお顔を拝見したとき、あまりに趣味が悪い、と辟易《へきえき》いたしました。こんな男に溺れるようで、国を率いていけるのだろうか、と兄上の力量まで疑いそうになるほどに。上っ面だけのニヤケ顔には内面のせこさが滲み出ているし、賢いと自惚れているあたりが見え見えで、それで周囲をだましおおせていると勘違いしているあたりが、もう、この凡人！　と後頭部を張り倒してやりたいほどに、見せかけだけの張りぼて男」

立て板に水のごとく、ナーゼルは一気に言い放つ。

あまりに流麗《りゅうれい》でイヤミたっぷりな日本語に、志摩はひくっと頬を引きつらせる。

「こっちの王族って、みんな日本語流暢だけど、あんたのは、マジでムカつくほどに、たっぷり含まれたイヤミまでもじゅうぶん伝わってきたぞ」

「さきに私を腹黒男と決めつけたのは、そちら。むろん日本語などペラペラで当然。ですので、言葉を飾るのはやめにいたしました」

「いくら口を塞いでたからって、よくも隠していたよな、その本性」

「はい。幼いころから、おとなしい子、と言われるたびに高笑いしそうになるのを抑えるのに、少々難儀《なんぎ》いたしましたが。いまとなっては、この無表情と無感動こそが私の素顔と、確信しております。――私から見れば、兄上に遊ばれてころころと表情を変えるあなたなど、可愛らしいことこの上ない」

「ああ、そーですかよぉ……」

理不尽すぎる、と怒りに震える志摩を見上げて、ナーゼルはすまし顔を崩し、どこか悪戯っぽさのある笑みを浮かべる。

「ですが、兄上を諫《いさ》めることができるのも、志摩様だけ」

紡いだ言葉は、いつになく澄んでいる。

「同性の恋人など災いになるだけの存在ですが、それでも激怒した兄上をお止めすることができるなど、驚天動地《きょうてんどうち》の珍事……ある意味、それも才能かと」

「褒めてんのか、それ？　俺が邪魔なのは、他の連中と同じなんだろう？」

「失礼な。私を無為無策な連中と、同列に語らないでください。——確かに、男が恋人では反対する者も多いでしょう。ですが一方で、新たな王妃候補《マリカ》を探す余裕ができたと、心密かに喜んでいる輩《やから》は少なくありますまい。かく言う私も、志摩様の存在はむしろ歓迎しております」

「——ってことは、あんたは、自分が皇太子になりたいわけじゃないんだ？」

「むろん。私は参謀《さんぼう》向きですので」

迷いもなくうなずくナーゼルに、ならば、とアスラーンが問いかける。

「では、貴様は誰を皇太子に擁立《ようりつ》したい？　まさかラヒムのバカか？」

「お戯れもほどほどになさいませ。どうしてラヒムのバカなどを。ならばまだサイードのほうが千倍もましというもの」

ナーゼルが腹黒本性を発揮しはじめたときから、皮肉交じりの日本語についていけなくなっていたラヒムは、尊敬すべきふたりの兄の口から続けざまに出た『ラヒムのバカ』だけは理解して、話題に入れぬままに、くすんと泣いた。

そして、泣いている弟になど見向きもせず、ナーゼルは自らの信じるままを語る。

「ですから、答えはひとつ。――兄上が再婚なさるのが、最良と存じます。それこそが二千年に渡って、我ら一族が守ってきた絶対の掟《おきて》」

床に座したまま、けれど、凛《りん》とこうべを上げて。

そもそも最初から、これだけは偽りなく通していた――皇太子には長子の直系が立つべきと。

だが、もちろんアスラーンが、うなずくはずはない。

「それはできんな。何より志摩が泣く」

「泣かねーし。マジ、再婚しろよ」

恥ずかしげもなく伸びてくるアスラーンの手を、志摩はぺしっとはたき落とす。

痴話喧嘩でしかないやりとりを見ながら、ナーゼルは微かに目を細める。

「志摩様はご理解があります。結婚なさったあとも、愛人として陛下を支えてくだされぱと思うほどに、利用価値もございますし」

いちいち一言よけいだ、とイチャイチャしていたふたりが、ムッと同時に眉をひそめる。

「悪いがナーゼル。私は志摩を愛人とは思えぬ」

アスラーンの答えは予測がついていたのだろう、ナーゼルは静かに首を振る。

「ならば……理解しあうのは無理でございます。私も、次代を継ぐのは兄上のお子であるべき、との考えが変わることはありませぬ」

「ふん」

「残念でございます。やはり永遠に、兄上と私の主義主張は平行線でしかないのでしょう」

「そのようだ」

アスラーンはひとつうなずいて、とりあえずの幕引きをする。

「処分は追って沙汰《さた》する。それまで謹慎しておれ、ふたりとも」

言い放つ声は、兄弟のそれではなく、スルターンの義務感に目覚めて、厳しい。

こうやって公私を切り替えながら、このさきも生きていく——その覚悟が、志摩にも伝わってくる。一族だからこそ、弟だからこそ、見逃すことはできないと。

(やれやれ、お固いんだから……)

自分にしてやれるのは、ほんの少し重荷を軽くしてやることだけだと、志摩はナーゼルを見下ろす。いまはもう言いたいことを言いきって、やけにすっきりとした感のある男を。

「あんた、謹慎してるあいだ暇だろ。リストを作っておけよ。謀略《ぼうりゃく》のあげくに閑職に甘んじてる者とか、逆に、いまも図々しく役職にのさばって利益を貪っている連中の」

「え?」

なんのことかと、ナーゼルが不思議そうに顔を上げる。

「裏読み大好きなあんたなら、アスラーンは知りえない証拠の色々をつかんでるんだろう。全部データにして見せてやれよ。感情抜きのデータなら、アスラーンにもちゃんと伝わるだろう」

「そのとおりだ。最初からそうすればよかったのだ」

志摩の言にうなずくアスラーンを見上げて、ナーゼルの瞳が怪しく光った。

「おや……」

大地を這って獲物に飛びかかる瞬間を狙っている毒蛇のごとく、それまで溜め込んでいた腹黒さを存分に発揮して、告げたのだ。

「よろしいのですね？　本当に全部に目を通していただけますね？」

しまった、と志摩とアスラーンが、ほとんど同時にいやな予感に仰け反った。

「ふふふ……。お約束いたしましたよ」

てめー、本性怖すぎだろ！

どれほどの量のデータを積まれるのかと、身震いしたふたりだった。

9

夕陽が天上の宮殿《ジャンナ・アル・カスル》の青いドームに、紫色の影をつけている。

「疲れたぞ……」

心底から呟いて、アスラーンはぐったりと、大きな背もたれの椅子に腰かける。

西洋式の椅子とはいっても、どれもアラブ独自の意匠や紋様に覆われていて、アスラーンがつくと、まるでそれこそが王座ではないかと錯覚するほどの、威光に包まれる。

とはいえ、いまのアスラーンは本当にお疲れのご様子だ。

「ナーゼルは、やはり苦手だ。——あれの言っていることも、ひとつの方法ではあるのだろうが、それは自分が王位を継いでからやってくれ、と言いたくなる」

「え？　じゃあナーゼル殿下を……？」

問いながら、志摩はアスラーンに歩み寄り、肘掛けに寄りかかる。

「まだわからんが、確かに次男が継ぐのが順当ではあるな」

わかっていても、苦手意識は抜けないとみえて、気怠い仕草で、クフィーヤを脱ぎ捨てる。

ゆるくウェーブを描いて溢れ出す黒髪の、そのひと房を指で撫でれば、どこか子供のような表情をしたアスラーンが、頭をあずけてくる。

「だが、ナーゼルとの会話は疲れる。おまえの翻訳なしでは、たぶん話しあえなかったな」

不思議なことに、アラビア語ではだめなのだ。

三十年あまりも何度となく試して、それでも通じなかった。

なのに、自国の言語ではない日本語で、その端々に含まれた皮肉までもすべて理解して、通訳する志摩がいて初めて、アスラーンとナーゼルの会話はなりたったのだ。

「おまえ……たまに、あれとの通訳をやってくれないか？」

「それ、本気で言ってる？」

「本気だ。情けないが、あいつの思考は、私の範ちゅうではない」

「まあ、たまにならお手伝いしてもいいけどね」

どんなことであろうと、アスラーンの役に立てる。

この国の未来を担う、手伝いができる。

俺も役に立てば嬉しいから、とうなずけば、ありがたい、とアスラーンはさらに脱力する。

「なんか甘えっ子だな。今日はちょっと」

「ああ……甘やかしてくれるか？」

上目遣いに、色っぽい視線を送ってくる。

何を求められているかすぐにわかるから、志摩はうっとりと口づけを落とす。唇を細やかに動かして、くすぐるように吸ってやると、笑い含みの吐息が深く食《は》みあった口腔内に満ちる。

（うん……。あれをやってやるか）

男の疲れを癒やす方法がひとつあるな、と志摩は閃いた。

あまり得意ではないのだが、と思いながらも、髪に、額に、唇に、首筋に、胸元に、熱いキスを送りつつアスラーンの衣装を脱がせていく。面倒な長衣《トーブ》はまくり上げて、腹筋の逞しさを手のひらで感じながら、下穿《ムカッサル》きも脱がせてしまう。

「たまには脱がしてもらうのも、いいものだ」

「もっといいこと、してやるよ」

悪戯っぽく言うと、志摩はアスラーンの広く開いた両脚のあいだに跪く。膝頭から太腿を撫で上げていけば、否応なしに目の前に、興奮に頭をもたげはじめた証が現れる。

「ほう……？　自らやってくれるのは、初めてではないか？」

瞳を輝かせて期待を示すアスラーンに、内腿のあたりを意味深に指でくすぐって応える。

「まあね……。どうせあんまり巧くはないぜ」

さほど回数はこなしていないし、いままではアスラーンの手に引かれてやっただけで、自ら進んでとなると本当にお初で。どれほど覚悟しても躊躇《ためら》いは残る。

だが、いまさら逃げるのも男らしくないからと、志摩は意を決して、ゆるりと亀頭をもたげはじめている性器に、両手を添える。

しなやかな皮膚に包まれたそれは、芯に激しい熱を持って、じんじんと脈打っている。

決して可愛いものではないのに、奇妙に愛おしくて、思わず頬ずりなどしてみたら、ゆるやかにしなりはじめていたそれは、どくんと弾けて一気に硬度と質量を増した。

「すごっ……！　どんな構造だよ、これ……？」

あっという間に、ご立派に変貌したものを、志摩は唖然と見やる。

「わからぬか？　おまえのものと同じだが。恋人に触れられると、本気を出す構造だ」

「な、何、バカ言ってぇ……」

ひどく照れ臭くて、ついついひねくれた物言いが出てしまう。

「誰にでも、そういう調子のいいこと、ささやいてんじゃないの？」

「それはない。おまえも一族の連中も、私に隠し子がいないのかと疑っているようだが、普段の私はそれほど性欲まみれではない。――それでなくても多忙なのだ。休ませてくれる腕があれば、じゅうぶんだ」

「……って言われてもな。俺の前では、性欲魔神だからな」

「その答えなら簡単だ。おまえだけが特別なのだ」

言って、アスラーンは張りきった一物を、腰ごとゆらりと揺らしてみせる。

「私をこんなにする」

逞しくなやましい男の色香を前に、志摩の喉が、ごくりとあさましい音を立てた。

嚥下する唾液が妙に粘ついて、まだ咥えてもいないのに、口の中がひりついてくる。

飢えている——何度か口で味わったことはあるが、それでも今日は求める気持ちが常より強いせいか、それが口腔内の粘膜を刺激するときの感触を思い出すだけで、胸が逸《はや》ってくる。

「できれば、眺めるだけでなく、早く続きをしてほしいのだがな」

志摩の手と頰に触れているだけで、亀頭の先端から、欲望の蜜が滲み出す。

（この状態で放置じゃ、つらいよな）

覚悟を決めた志摩は、どくんと高鳴るものを握って、唇を寄せる。

平均サイズの口で、特大サイズの性器を咥え、口蓋《こうがい》から頰までの筋肉をいっぱいに広げるが、どれほど頑張っても、半分ほど吞み込むのがやっとだ。

んぐんぐと喉を鳴らし、舌を絡めたり、唇を蠢かしたりして、必死の口淫を続けながら、あまった部分には指を添えてしごく。

しゃぶりつくたびに漏れる音が、卑猥すぎて、羞恥に肌が熱を帯びてくる。

亀頭部を強く吸ったり、ぎこちない舌遣いで小さな孔をこねたりしてみたが、すぐに顎が怠くなってしまい、咥えることは一時おあずけにする。

「ホント、いつもながらデカすぎだって……」

文句を言いつつも太い幹を手のひらで支え、顔を横にして、くびれから根元まで舌を絡めて嘗め下ろしていると、ふと、どうでもいい疑問が湧いてくる。

（……ってゆーか、これ、いつも俺の中に入ってんだよな？）

内臓はそもそも筋肉だから、顎骨にがっちりと押さえ込まれている口より、伸縮性に優れているのだろう、ということで納得する。

こんなふうに、いちいち理屈をこね回さないとだめな志摩だから、直感で突っ走るアスラーンが似合いなのかもしれない。

ある意味、足りない部分を補いあっているとも、言えなくはない。

ナーゼルへの認識の違いが、まさにそれだった。

あの男の沈黙を、胡散臭《うさん》いと感じていたアスラーンだけでは、ナーゼルは決して本音を口にはしなかっただろう。たぶん、アスラーンにうとまれたまま、たいした地位も与えられず、あたら策士の才能を埋もれさせてしまったはず。

志摩だったから――いちいち他人の言動の裏読みをしないと気がすまない、似た者同士だからこそ、ナーゼルの思考回路が理解できたのだ。

(ま……、役に立てたんなら、それでいいさ)

実際、誰が皇太子になるかはアスラーンの胸三寸だが、それでもさほど悪い結果にはならないだろう。

バハール首長国の新たなスルターンは、どれほど胡散臭い男の、不愉快すぎる主義主張であれ、ちゃんと耳を傾けることのできる男なのだから。

(よくまあ、短気を抑えたよ、偉い偉い)

だから、これはご褒美《ほうび》だよ、と浮き出した血管をなぞり、裏筋をくすぐり、自分がされて気持ちいいことを思い出しながら、精一杯の奉仕を続ける。

そうしているうちに、さんざん砂漠を走り回って汗だくになったシャツが邪魔になってくる。

なんとか脱ごうとしていると、伸びてきたアスラーンの手が簡単に引き剝がしてくれた。

そのまま首筋を撫でていた手のひらが、危うい動きで志摩の頭と頬を包み込み、望む場所へと導いていく。

あまり気乗りはしないんだけどと思いつつも、黒い下生えを分け入って、根元のふたつのまろみに向かう。それを唇で食んで、揉み立てたり、音を立てて吸う。

「くっ……！」

こらえきれないというふうに、落ちてくる吐息が、志摩の欲望を煽る。

（あ、ここ、けっこう感じるんだ……）

自分から求めてしまうと、本当にこの関係を認めてしまうことになりそうで、何気に腰が引けていたのだが――実際にやってしまえば、それはむしろ男の矜持と優越感を満足させてくれるものなのだと、いまごろ知った。

よくよく考えれば当然なのだ。

男なのだから、感じさせられるよりは、感じさせたいはず。

相手を喘がせてやった征服感は、志摩ごとき凡夫の中にも、ちゃんと宿っているのだ。

それに気をよくして、ならば、と再び先端に戻って、唾液と先走りの滴《しずく》でぬらぬらと濡れ光る亀頭部を咥えて、しゃぶりはじめる。そうしながらも、根元の袋もまた手のひらに包み込んで、揉んだりくすぐったりの悪戯を繰り返す。

「この、おいたがすぎるぞ……」

どうやら我慢が利かなくなったらしいアスラーンに、唐突に髪をわしづかみにされて、さらに深く股間へと顔を埋めるように、引き寄せられていく。

圧倒的な質量の雄が、ぐいぐいと入り込んできて、喉奥までをみっしりと満たす。

「んっ……ぐぅっ……!?」

当然だが、声などろくに出ない。気管が塞がれたかのようなすさまじい息苦しさに、目尻に涙が溜まって、視界がぼやけはじめる。

「これでもまだ半分だぞ」

無駄に威張るアスラーンだが、男同士のセックスの場合、痛みばかりを増長することになる巨大さは、決して自慢にならない。

「ん、んんっ……」

もうこれ以上は無理だ、と志摩は、滂沱《ぼうだ》として流れる涙で訴える。

「もう少し我慢しろ。おまえが色っぽすぎるのがいけないのだぞ」

だが、狡《ずる》いアスラーンは、こんなとき、いつも志摩に責任を押しつける。

可愛いと、すばらしい色香だと、そんな顔で誘うなと——すべては、婀娜《あだ》めいた志摩の媚態のせいなのだと、自分を被害者にしたててしまう。

「大丈夫だ、ちゃんと息はしてる。そうでなければ、とうに呼吸困難で気絶しているぞ」

言われてみればそのとおりだ。口づけと同じ方法で、ちゃんと鼻で息をしている。

決して、本当に無茶なことは要求しない男の、うなじや耳朶をくすぐる指先の優しさが、志摩に余裕を与えてくれる。

なんとか頬の筋肉を伸縮させて、みっしりと咥えたものを刺激する。

「ああ……、いいぞ……」

ふと、漏れた低音は、アスラーンの偽りない本音だ。

見上げれば、陽に焼けた額や顎には、快感を物語る汗が浮いている。

喉が渇いたのか、肉厚の唇を舌で嘗めとる仕草が、すさまじく色っぽい。

いつも堂々として志摩を追い立てる男の、己を律しきれずに乱れていく姿は、ぞくぞくするほどに刺激的だ

(本当に感じているんだ……。俺、まだそんなに巧くないだろうに)

さすがの志摩も、この手の技巧には自信がない。

だが、どれほど拙かろうが、恋人だというだけでじゅうぶんなのだ。

志摩がアスラーンに感じるように、アスラーンも志摩に感じる——ただそれだけのこと。

そう思ったとたん、うそのように呼吸が楽になっていく。

口の中の性感帯を——たぶんそれはアスラーンの熱烈なキスで開発された部分——太いエラで擦られると、息苦しさだけではすまないほどに、胸が逸りはじめる。

感じている……こんな大きなものを咥え込まされて、それがいいと身体が求めている。

夢中で顔を前後させると、すっかり乱れて額に降りかかる志摩の前髪を、太い指先が愛しげに梳き上げてくれる。その仕草にさえ感じて、涙が止まらなくなる。

口腔内にもうひとつ心臓があるかのように、鼓動が一気に高鳴っていく。

そして、ついに絶頂寸前の痙攣を示しはじめたものをどうしたものかと、志摩は戸惑う。

このまま口ですべてを受けるのはさすがに躊躇うのだが、と両手を振って示せば、それを了解したアスラーンが、からかい交じりにうなずく。

「ああ、飲まずともいい。すぐに抜いてやろう……」

妙に物わかりよく、びくびくと吐精の痙攣に脈打つ一物を、引き抜いてしまう。

解放と同時に、志摩は新鮮な空気を欲して、ゼーッと大きく喉を鳴らす。

「だが、顔にかけるぞ」

とたんに、ぬるつく液体が、びゅっと顔に降り注いできた。

それがアスラーンの精液だと気づいたとたん、驚愕のあまり、思考が吹っ飛んだ。

男の精を顔にかけられる——ＡＶで見たことしかない行為を、自分が受けるなんて。

どうやら志摩が口淫をはじめたときから、アスラーンの目的はそれだったらしく、志摩の髪を片手でつかんだまま、もう一方の手で、昂ぶりきった性器をしごき上げている。

その先端から降り注ぐ白濁した体液を、しっかりと頭を押さえられてしまった志摩には、よける術もない。

「蜜月だと言ったはず。――遅くなったが、約束を果たそう」

唖然とする志摩に、王者の貫禄で、アスラーンは宣言する。

「覚悟するがいい。今夜は私の放つ蜜で、どろどろにしてやる……！」

それ、ちっとも嬉しくないから、と昨日までの志摩なら言っただろう。

逃げを打って、距離を置いて、皮肉で誤魔化す――そんなやり方はもうやめた。

ここにいる、獅子の逞しさに満ちた王の金色の瞳を、まっすぐに見つめ返せる男になる。

それでこそ初めて、ふたりのあいだに恋は生まれるのだ。


――いったいどれだけ貪りあえば、満足するのだろう？

砂丘に陽が落ちたのは、すでに数時間も前のこと。

いま、窓の外を支配するのは、十三夜の月と、星の瞬きばかり。

食事もせずに、風呂にも浸からず、延々抱きあい続けて、すでにもう何度達したことか。

羞恥など、ずいぶん前に吹き飛んだ。躊躇いも、不安も、不信も、疑惑も、よけいな負の感情はすべて排除して、ただアスラーンを求める心だけがある。

「はぁあっ、もっと……！　こ、ここっ……突いてっ……！」

志摩は自ら両脚を抱え上げ、太い雄芯をいっぱいに咥え込んだ交合部を、伸しかかっている男の目にさらけ出している。

吊りランプの仄明かりの中、白く浮かび上がる、その媚態。

見ろ、と。

これが自分だと。

志摩創生《そうせい》という男の、もっとも純粋な姿だと。

大きく開かれたそこに、遠慮もなくアスラーンは、情熱のたぎりを打ち込んでくる。

ぐちゅぐちゅ、と粘着質な音を立てる柔襞は、何度も放たれた精で女のように濡れ光る。

「ふ、あうっ……！　そこっ、い、いいっ……！　もっと、強くっ……！」

感じる場所ばかりを、何度も切っ先で抉られて、そのあいだもアスラーンの唇も手のひらも、志摩の肌を撫で回し続けているから、疼きは増すばかりだ。

恋人の素肌を味わい尽くそうとするかのような、ねっとりとした舌遣いは、くすぐったさを通りこして、ひどく志摩の快感を煽る。

強靭な意志と、貪欲な欲望――そのふたつを宿した舌先に、胸元の敏感な突起を転がされるだけで、痛いほどの官能が湧き上がってくる。

ささやかな尖りを中心に、じんと焦れるような感触が下肢まで走り抜けて――掻痒感をともなった痺れにも似たそれが、志摩の腰を淫《じ》らに揺らす。

その内側に、しかと存在を刻んだ雄芯は、いつにもなく蒸れた熱を発している。

「はっ、あぁぁ……、何、これっ……!? ちっともっ……あぅう……！」

止まらない、と志摩が半泣きの声で、訴える。

「それでいい……！ 望むだけくれてやる！」

嬉々《きき》として歯を剝き出して呻るアスラーンは、すべてを志摩に注ぎ込む勢いの腰遣いで、断続的な刺激を送り続けている。

「もっと欲しがれ！ もっと私だけを……！」

身体だけでなく、言葉も、誓いも、アスラーンは少しも惜しまない。

望むだけくれる。欲しいだけくれる。それが嬉しい。

最奥を太い亀頭で執拗に穿たれたあげく、カッと身のうちを灼いた愉悦の炎に、それまで以上に乱されて、志摩はなやましく身体をくねらせる。

「く、ふうっ……、き、気持ち、いいっ……！」

息を詰めて背を仰け反らせれば、ひくひくと痙攣する身体から、玉の汗が滴《した》り落ちて、さらにシーツを汚していく。

——覚悟するがいい。今夜は私の放つ蜜で、どろどろにしてやる……！

その言葉どおりに、アスラーンは志摩の全身を濡らしていく。

口づけながら濃厚に舌を絡ませて、思う存分唾液を与えあい、同じほどに奪いあう。

もう何度も中に放たれているから、抜き差しのたびに、混じりあった互いの体液が、擦れあった肉のあわいから溢れていく。

激しく腰を送り込まれるたびに、がくがくと全身が揺さぶられ、それに一瞬遅れて、ふたりの身体に挟まれた志摩自身の昂ぶりが、先走りの滴を振り撒き躍る。

唾液で、汗で、精液で、ふたりともにぐちゃぐちゃになりながら、身体を絡ませあう。

こんな熱を、いままで志摩は知らなかった。

ここまでの本気を、絞り出したことがなかった。

いつもどこかに言い訳を残していた狡い自分は、もういらない。

「は、ああっ……！　い、いいっ！　中を、中を……もっとっ……！」

ただ欲しいものを、欲しいと望む。

それだけのことをするのに、ずいぶん待たせてしまった。

だが、三十にもなって、心を入れ替えるには、それくらいの時間は必要だ。

そのぶん、これからたっぷり甘やかしてやるよ、と想いを込めて、両手でアスラーンの黒髪を掻き抱けば、それ以上の強さで抱き返される。

――やがて、わずかに残っていた躊躇いも夜の中に溶けていって、最後に残るのは、エキゾチックな香りをたっぷりと含んだ、官能だけ。

「またイキそうだな……。中が、ひくひくしてる」

天上にもっとも近い離宮の閨で、異国のスルターンが、楽しげに笑う。

「んっ、ふうぅっ……！　だ、だから、そんな強く……突くからっ……」

「突いてくれって言ったのは、誰だ？」

生意気な口を塞ぐように荒っぽく重なってくる唇に、アスラーンの余裕のなさが覗いて、それがなんだか切ないほど嬉しくて、自ら舌を絡めて迎え入れれば、唾液といっしょに甘い気持ちが染み込んでくる。

「……ん……、あふぅう……」

どれほど言葉を尽くしても、補えないぶんの想いを込めた口づけの、激しいけれど優しくて、ひたすら濃密な味を存分に味わう。

薄目を開けてみれば、間近にある、汗にまみれた精悍《せいかん》な顔にも、陶酔《とうすい》の色が浮かんでいる。

（あ……、気持ち、よさそう……）

アスラーンにとってもそれは悦びなのだと思うと、心がきゅんと搾られて、求める気持ちが止まらなくなる。

もっと、もっと、と貪るそれも、やがて息苦しさに耐えかねて、離れていく。

ふたりの唇を銀糸が繋いで、刹那の残光を放って切れた。

だが、離れたのは一瞬のこと。熱っぽく濡れたアスラーンの唇は、皮膚の薄い箇所を狙っては口づけて、志摩の全身に花弁にも似た鬱血《うっけつ》の痕を散らしていく。

これが消えないかぎり志摩は自分のものだ、とでも言うかのように執拗に繰り返される、しつこいほどの愛撫のあいだも、後孔を穿つものの勢いは止まらない。

野獣のごとき腰遣いは、激しさを増すばかり。

鬣《たてがみ》のような黒髪をなびかせ、日焼けした肌から汗を振り撒き、咆吼《ほうこう》にも似た息を荒らげながら、いままでの飢えを満たそうとする。

「は、あぅっ……！　ふ、太いっ……くふぅぅ……！」

熟れきった粘膜は、敏感な部分を角度を変えながら抉っては進んでくる肉棒に、吸いつくような勢いで、絡みついていく。

誰に反対されようとも、擦れあう肉のもたらす喜悦を、押しとどめる力はない。

「やっ、くふぅ……！　も、もうっ……イク！　あっ、ああっ――……！」

いままで蓄積してきた官能が、一気に溢れそうになって、志摩はきつく唇を噛む。

ぐっしょり濡れた下肢が、ひとつにとろけていく気がする――錯覚でしかないそれが、どんどん強まっていく。

すでに志摩の意志から離れて、身勝手に蠢いている腰は、じんと痺れて、自分のものとは思えぬほどに、アスラーンに籠絡《ろうらく》され尽くしているのに。

けれど、どれほど密着しても、本当に溶けあうことはできはしない。

皮膚が邪魔だ。

汗が、ぬめる。

個性が、ふたりを分かつ。

それが不満だと、抱き締める腕にこもる力は、どちらも容赦がない。

重なるふたりの身体のあいだにわだかまる熱も、いよいよ濃度を増して、もはや互いに果てるしかないという高処に向かって、駆け上っていく。

志摩の意志など関知せずにうねる腰を、アスラーンの大きな両手ががっしりと押さえて、ずんずんと最後の律動を送り込んでくる。

「……ッ……、ふ、すごっ……！　あっ、あぁぁ――……！」

視界がぶれるほどの激しい揺さぶりの中、志摩は目の前の男にしがみついたまま、掠れた嬌声をあげて下肢を甘く引きつらせた。

全身を貫く官能に、大きく背を弓なりにしならせ、ぶるぶると身悶えながら、ひたすら絶頂を目指して駆け上っていく。

「ふっ、んあぁっ……！　い、いくっ……、また、いっちゃ……」

そして達した放埒《ほうらつ》のとき、互いを濡らすために、ふたりともに精を弾かせる。いまこそとばかりに、たっぷりと。

どれほど放っても何も生み出さない——でも、確かに恋する証のほとばしりを。

心とともに解放する。

これは、命の水の一滴。

砂漠に生きる者が搾り出した、汗の一粒。

星月夜の闇の中、砂丘を吹き抜ける乾いた風を潤わせることのできる、唯一のもの。

「あー、なんかいつもと変わりない朝だ……」

濡れに濡れた夜が終わり、朝は当然のごとくやってくる。

身勝手とは知りつつ、なかなか踏み出せなかった領域に、いざ入ってしまえば、それで世界が変わるわけでもなく、この国の朝焼けは常と変わらず、神々しいまでに眩しい。

あっという間に昇っていく太陽が、ベッドの上にも光の手を伸ばしてくる。

「……ん……」

隣で寝ていた男が身じろいで、ブランケットを頭から被って、蓑虫《むのむし》になってしまう。

「こーら、起きろ、朝だよ。俺、風呂行くぜ」

「……眠い……」

甘ったれた声が妙におかしい。これでは、獅子ではなく仔猫だ。

では勝手にするよ、と志摩はベッドを抜け出して、ローブだけを羽織って浴室へ向かう。

気怠い身体を隅々まで清めて、寝室に戻ってきたとき、まだ仔猫のアスラーンはベッドに丸まっていた。そのそばにうつぶせると、両手で顎を支えて、微睡《まどろ》みの中にいる男を見やる。

「なんだかなぁ。昨夜、俺を抱き潰した男が、何をヘタレてるんだか」

思い出せば、この二日間の出来事は、本当に濃かった。

どいつもこいつも鬱陶しくて、暑苦しくて、でも、全身全霊で生きていて——そんなの少しも志摩らしくないのに、結局はいいように巻き込まれた。

濁流に揉まれる木の葉の無力さで、どこへ向かうのかわからないまま、でも、最後にいきつくさきは自分で決めた。

ここに眠る男を選んだ。

そのためにできることをした。

「まあ、結果オーライか……」

自分の気持ちを認められたのは、よかったのだろう。

だが、ついでに、もうひとつの可能性にも気づいてしまった。

本当に想像外でしかないことだし、誰にも言うつもりもないが。

(なんかなあ、俺……意外とマゾっけがあるのかも)

苦痛と紙一重の官能を味わったり、乱暴にあつかわれたりすることが、どうやらいやなだけではなく——それが、何やらよけいに悔しい。

ソフトＳＭまで許容範囲なんて、それこそアスラーンを悦ばせるだけだし、どんな要求をされるかわかったものではない。

一生黙っておこう、と志摩は固く心に誓うのだ。

だが、よくよく考えてみれば、いつもアスラーンの奪うようなセックスに、身も心もとろかされてしまっているのだから、もうこちらの性癖はバレバレかもしれないが。

だいたい、この歳まで中二病を引きずって、尊敬と同じほどに嫉妬心を燃やしている八神響《やがみきょう》の担当をやっている段階で、じゅうぶんマゾなのだ。

傷つきたくなければ、そばに寄らなければいいのに。

目の前にいれば苦しむだけの相手に、自ら進んで近づいていく。

こればかりは、見たい願望が先立つから、このさきも悶々と悩み続けるのだろう。

(まあ、でも、虐《いじ》められるのもけっこういいなんて、認めてはやらないけどさ。絶対に!)

獅子王などという獣を好きになった時点で、もう引き返せないところまで来ているのに、まだ認めたくはない志摩だった。

そんな言葉には出せない心理の色々を書き留めておこうと、いつも手近なところに置いてあるノートパソコンを引き寄せて、起動させる。

目覚める気配のない男の隣で、思いつくままにカタカタとキーを叩く。

絵空事の家族の図も、せっかく書いたのだから使わない手はない。平穏な家庭を夢見ながら、それを失い、それに背を向け、孤高の中で戦う男の話はどうだろう。

ミステリーというより、むしろハードボイルドだが、それもまた面白い。どのみち志摩はトリックが得意ではない。どこかで見たことのある手口の犯罪ミステリーにするくらいなら、いっそ人間ドラマにしよう。

ひとりの男の生きざまを、書くのだ。

——男は、薄汚れた布で口元から鼻までを覆って、乾いた風を受けながら、涸れ川《ワジ》の中を歩いている。一滴の水もないその風景は、ひどく男の心に似ている。

だが、いつかかならず雨はくる。

刹那の幻のように、河はよみがえる。

そのとき、潤った男の金色の双眸は、駆け寄ってくる恋人の姿を見つけるだろう。


——おわり——

ナフルの傍迷惑すぎる将来図

ラグジュアリーホテル『グランドオーシャンシップ東京』は、今日もセレブたちに集《つど》いの場を提供していた。その最たるものが、VIP御用達《ごようたし》のシークレットフロアである。

完璧なセキュリティを誇るその一角を、バハール首長国は公邸として使っていた。

その日、駐日大使のサイード・ナジャー・アル＝カマルは、新たなスルターンとなった十三歳年上の兄の到着を、いまかいまかと緊張の面持ちで待っていた。

戴冠式《たいかんしき》には久々に祖国に帰ったものの、新王は多忙すぎて、祝賀の辞を述べただけで、会話らしい会話もできなかった。

あれから五日ばかり。

本来なら半月は続くだろう即位の祝いを早々にきりあげて、いまやスルターン・アスラーンとなった長兄が訪日したのは、今朝方のこと。

外国への挨拶《あいさつ》回りという名目ではあるが、その訪問国のひとつに日本が加わっているとなると、これはバハール首長国の今後の外交政策にも関わる大事。

なのに……なのにである。当のアスラーンは、実質大使館であるこの場に顔を出すどころか、セキュリティポリス《SP》の面々を引き連れて姿を消してしまったのだ。

SPといっしょならば危険はないと思うが、それでも王位に就《つ》いたばかりのスルターンが訪日したとたん所在不明になったとあって、外交官たちは上を下への大騒ぎだった。

「まったくSPどもは何をしている！　連絡もなく姿を消すとはどういうことだ？」

兄からの連絡待ちで、一日を潰したサイードは、疲れきった身体をベッドに投げ出した。

いや、正確に言えば、パジャマ代わりのシャツだけを着て、枕に寄りかかって両手を広げている、恋人の腕の中へと倒れ込んだのだ。

「サイードのお兄さんって、いつもこんな勝手なことをする人なの？」

「いいや。普段はそんなことはない。アミール時代の兄は完璧だった。——そう、常に完璧であろうとしていた。俺に輪をかけて唯我独尊《ゆいがどくそん》の男だが、それを抑え込める責任感がある」

「へえー、すごい」

「何が、すごいんだ？」

「だって、サイードより唯我独尊の男なんて、思いつかないよ」

サイードの黒髪を撫で梳《す》きながら、まだ見ぬスルターン・アスラーンを思い浮かべる恋人の顔に、明らかな好奇の色が浮かぶ。

まだまだ蜜月中の恋人、愛しの森村蛍《もりむらけい》は、真性の同性愛者だった。

——サイードが駐日大使として、ひとり息子のナフルをともなって来日したのは、六月の末。三カ月ほど前のことである。その赴任初日に、蛍と出会ったのだ。

蛍はフラワーショップ『ＭＡＲＩＫＡ《マリカ》』の店員で、シークレットフロアのフラワーアレンジメントを請け負っていた。サイードを歓迎するために、茉莉花《まつりか》の白い花を飾ってくれていた。

別名マリカとも呼ばれ、アラビア語では王妃を表す言葉のその花は、いつもサイードの気を滅《め》入《い》らせる。嫌いではないのだが、見るのがつらいのだ。

王妃《マリカ》になろうとしてなれなかった、亡き妻、ライラーを思い出すから。

従姉妹《いとこ》でもあったライラーは、サイードにとって妹のような存在だった。そしてふたりともに月《カマル》の力を持つがゆえに、スルターンの守護者となる同志でもあった。

偉大なる父、スルターン・ナジャー。

その芳《かぐわ》しい香りは、彼の善良さを物語っていた。

力は竜のごとく逞《たくま》しく、心は天使のごとくに高潔な、バハール首長国の支配者。

スルターンのそば近くに仕え、大切なその御身をお守りする——それ以上に誇らしいことなどありはしないと信じていた、日々。

いつしかライラーのあこがれは、禁忌《きんき》の恋に変わっていった。

サイードの妻となってからも、彼女の想いは、実の伯父の上にあった。

その愛と罪の結果が、小さな命となってこの世に生まれ落ちたとき——ライラーは自らの胸にすべての秘密を抱えて、命を絶った。

いまでも茉莉花を見るとライラーを思い出すが、同時に、胸に湧き上がるのは、以前のような痛みではなく、懐かしさだ。

ライラーを失ってからずっと、サイードを苛《さいな》んでいた傷を癒やしてくれたのが、蛍だった。

この腕が、この肌が、この口づけが、愛をなくしたサイードに、愛を運んでくれた。

（相手が誰であろうと、奪われてたまるものか……！）

知らずに蛍を抱くサイードの腕に、力がこもる。

「浮気したら、許さないぞ！」

「へえ？」

「兄は……スルターン・アスラーンは、たぶん、おまえの好みのタイプだ」

傲慢《ごうまん》、不敵、唯我独尊、それが好みのど真ん中、と自ら認める蛍である。

サイードに魅《ひ》かれたいちばんの理由も、出会いのしょっぱなの出来事だったという。

歓迎の茉莉花を床に叩きつけ、務めを果たしていただけの蛍を理不尽に責めたときの迫力が、好みだったからというから、悪趣味も極まれりだ。

とはいえ、だからこそこうしてラブラブの恋人になれたのだから、そのことに異を唱《とな》えるつもりはない。ないが……。

「いいか、絶対に兄上を見るな！」

「見るな、って……そんなこと言われると、よけいに見たくなるじゃない。サイードに似てるんでしょう？」

「似てる……と思う。だから見ないでくれ。兄上によろめかれては、俺でも歯が立たん」

「むぅぅー！」

どちらかというと女顔の蛍が、細い眉を不満げに寄せる。

ああ、こんな顔も可愛い、などと見惚れている場合ではない。

「な、何それー!?　俺ってそんなに尻軽っぽい？」

まだ会ってもいない男へのお門違いの嫉妬《しっと》に、さすがの蛍も怒りを露《あら》わにする。

「頭にきたぁ！　信用してないにもほどがある。目の前に恋人がいるのに、ふらふらとお兄さんに寄ってっちゃうって……俺、そんなふうに見える？」

「だが……おまえは、年上が好きなのだろう？」

蛍の最初の男は、嘉悦《かえつ》という、十歳ほど年上のサラリーマンだった。

そして、しばらく前まであこがれの人だった、このホテルのオーナーも、三十五歳。

性格と外見と年齢までも考えあわせると、アスラーンはまさに蛍の理想そのものなのだ。

それでなくてもサイードは、自分が年下だということを気にしている。たったふたつ、けれど、そのふたつがどうしても追いつけない差なのだ。

その上、蛍は色々と経験も豊富すぎて、嫉妬の材料に困らないのが、本心から腹が立つ。

もちろん、過去のあれこれを否定するつもりはない。経験がなければ、蛍がサイードを誘惑することもできず、こんな関係になることもなかった。

それでも、どうせならお初までもすべて欲しかったと望むのは、男なら当然の欲求のはず。

「兄上は、おまえが過去に好きになった男より——それこそ、俺より何倍もいい男だ」

だが、焼きもちも、ときと場合による。

「バカ！　あんまりくだらない嫉妬すると、俺だってマジで怒るよ！　お兄さんが俺の好みだってだけで、浮気者あつかいするなんて……、年下ってことを気にしてるんなら、もっと大人になりなよ！」

これから楽しい夜をすごそうというときに、こんな話はするべきではなかった。

「……ってことで、今夜のエッチはおあずけ」

言い捨てて、蛍はプイッとそっぽを向いてしまった。

「えっ!?　そ、そんな……」

「そりゃあ、俺はもともと男が好きだし、妄想も大好きだけど……サイードのお兄さんに妙な気をおこすと思われてるなんて、マジで心外！」

ああ、これで今夜はおあずけか、とサイードは哀れな声をあげる。

「だが、兄は……スルターン・アスラーンは、俺が勝てないと感じる唯一の人だから」

語尾がどんどん小さくなっていくのが、自分でもひどく情けない。

「もう、バカッ！」

蛍は呆《あき》れながらも身体を反転し、サイードの頭を抱き寄せてくれる。

「やんなるなぁ、この子は、どんどん子供化しちゃって。甘ったれがすぎるよ、もうー」

「すまぬ……」

「けど、俺もなんか、子供っぽいあたりに萌えるようになったから、しょうがないか」

すりすりと髪に頬をすり寄せられて、その心地よさにうっとりする。

もうずっと昔、やはりこんなふうにサイードを抱き締めてくれた、白い手を思い出す。

(そうか、あれは母上の手だ……)

スルターン・ナジャーを、愛し、愛され、身分差を越えて結ばれ、誓いの証《あかし》のサイードをもうけたやさきに、わずか二十八の若さで逝った。

健康だった。持病などひとつもなかった。前日まで、サイードのそばで笑っていたのに、翌日には二度と目覚めることのない眠りについてしまった。

突然の心不全――それしか原因が考えられなかった。それ以外の理由を考えることは、許されなかった。なぜそんな哀しい運命を負ったのか、理由は永遠にわかるまい。

侍女がスルターンを愛するには、それほどの代償を求められるのか。

国より、民より、他のどの妻たちより心を占めていた唯一の女性を失い、そして賢王と称えられた男は壊れていったのだ、少しずつ。

(もしも……母上がご健在ならば、父上の生きざまも変わっていたのだろうか?)

だが、『もしも』に意味はない。失ったものは戻らない。

どんなに泣いても、わめいても、あがいても、戻りはしないのだ。

いま、手にしているものを、大事に愛おしむしかないのだ。

「すまない……。俺は、まだまだガキだな」

「え？　あ、まあ、わかってるなら……」

「けど、やっぱり兄上は見ないでくれ」

「まだ言うかなー」

「俺は母上も父上も失った。国も捨てた。——想いは残してきたが、戻ることはない。この身があの国に帰ることはない」

こんな言い方は卑怯《ひきょう》だとは、わかっている。

けれど、同情心につけ込むことになっても、蛍を放しはしない。

「おまえだけなのだ。ガキでもなんでも、俺はこの手を失いたくない……！」

「本当にもう……」

優しいキスが、髪に降ってくる。それが耳朶《じだ》から頬へとくだってくる感触が、心地いい。

「こんなおバカちゃんは、趣味じゃなかったはずなのに。絶対に俺を愛させてやるって、すごむくらいが、好みだったんだけど……」

（それ、兄上だから……）

サイードは思いつつ、これ以上、兄に興味を持たれては困ると口をつぐむことにした。

どうせならうんと気持ちいい方法で、と蛍の唇を塞ぐ。

「……ん……、ふっ……」

恋人の甘い吐息を味わい、その肌の滑らかさを確かめては、じょじょに溺《おぼ》れていくこの瞬間がたまらない、とサイードはシャツを脱がせていく。

直に肌を触れあえば、もう我慢はできない。サイード以上に、蛍は人肌のぬくもりに弱い。

それをわかっていて、狡《ずる》く恋人を快感に引き込んでいく。

誰にも絶対にやらないぞ、と固く心に誓いながら。


「ねえ、サイード、なにぐるぐるしてるのさ？」

一晩がすぎて、新王の直属のSPから、こちらに向かうとの連絡が入ったのが、つい三十分ほど前のこと。

ようやく胸を撫で下ろしたサイードは、スルターンご一行様お出迎えの支度を整えて、いまは檻《おり》の中の熊さん状態でうろうろしているのだ。

呆れ顔で、それを見ている少年が、再び声をかけてくる。

「うざいんだよ、もうー。もっとドーンとかまえてらんないの？」

声の主はサイードの一人息子、ナフルである。ペットのライオンのルークを枕に、呑気《のんき》に絨《じゅう》毯《たん》の上に寝そべって、落ち着きのないサイードを見上げている。

両親ともにアル＝カマル一族であるナフルの、六歳とも思えぬ落ち着きぶりは、サイード以上に色濃い王家の血筋を物語っているようだ。

「新王っても、サイードのお兄さんじゃん。九人兄弟の長男ってだけでさ」

「そんな簡単なものか。アスラーン兄上は、俺が生まれたときから皇太子だったのだぞ。そして、いまや民の期待を一身に集め、バハール首長国の輝ける未来を築いていく使命を持つスルターン。決して揺らぐことなき、強靭《きょうじん》な精神をお持ちのお方だ」

「へー、そーなのぉ？　ちらっと見たことあるけど、あの人、優しい感じだったよ」

「兄上の印象を、そう言うのは、おまえくらいだろうな……」

こんなときサイードは、ナフルの中に流れる血の意味を、思い知らされる。

ライラーが残した赤ん坊は、まさしく月《カマル》の力を受け継いで、邪《よこしま》な心を持つ者が近づくだけで、火がついたように泣いた。スルターン・ナジャーがあれほど望んだ力が、自ら犯した罪の子の中に宿っている——その皮肉。

そして、ナフルの力は未だ消えない。このさきも消えないかもしれない。

だから、サイードはナフルを連れて、国を出た。

ライラーが命懸けで守った子供のために。

ナフルの力を誰にも利用させないために。

故郷を捨てて、民を捨てて、こうして極東の島国に身を寄せている。

月《カマル》の力を隠すために、サイードはナフルを公《おおやけ》の場に連れていったことがない。アスラーンと顔を合わせたことがあるとすれば、一族の集まりでくらいだろう。

それでもナフルには、人の本質がわかる。わかってしまうことが、問題なのだ。

「まあ、確かに、お優しい方ではあるが……」

語尾を間延びさせて、サイードは考え込む。

優しさと強さは、比例しているものなのだろうか、と。

国を想う気持ちが大きければ大きいほどに、懐《ふところ》は深く、そして、心は強くなる。

そうでなければ王座には就けない。就いてはいけない。だから父は……スルターン・ナジャーは王座を追われたのだ。

そして、サイードはといえば、アスラーンにはおよぶべくもない。

アミールとして、本来なら祖国においてすべきことを置いて、駐日大使を望むことで、つらい運命から逃げた。一時たりともこの胸から消えないほどに、愛する祖国なのに。

砂漠ばかりの、でも、美しい国。

なのに、帰れない。逃げる道を選んだ瞬間から、サイードは自分の中の弱さと向きあわねばならなくなったのだ。

(小さいな、俺は……。本当に、まだ色々と小者だ)

思いつつ、兄を待つサイードの足は、まだうろうろと意味もなくあたりを回り続けていた。

「元気そうだな、サイード。その節は、色々と世話になったな」

この部屋に一歩足を踏み入れた瞬間から、アスラーンはまさに王たる者のみが持つ圧倒的存在感で、すべての大使館員の心を平伏させた。

サイードとて、それは例外ではない。

偉大なる兄を前にするだけで、畏怖《いふ》にも似た緊張が湧き上がってくる。

「ご心配いたしました。隠れん坊をお望みのときには、一言、隠れるぞ、とお伝えください」

「そうしよう。迷惑をかけたな」

アスラーンはうなずきながら、誰に勧められるでもなく、部屋の中でもっとも高価なウイングチェアに悠然と腰かけた。

かしこまって立つサイードの背後から、『隠れん坊』の言葉につられたのか、ナフルがひょっこりと顔を覗かせた。それを見てアスラーンが、おや、と太い片眉を上げる。

「その子がナフルか？」

「はい。俺の一人息子です」

「戴冠式には連れてこなかったのだな」

「子供連れでは、お邪魔になるかと思いましたので。急なことでしたし、ナフルが兄上にお目通りしたのは、ほんの数えるほどなので」

「そうだったか。もしやナフルは、王宮に上がったことがないのか？　父上は、月《カマル》の力を持たぬ子には興味を示されなかったがゆえ」

「はい。赤ん坊のころに、力はないと父上が判じられましたので」

「なるほど。孫であろうと、力のない子に用はないか」

アスラーンは、目を細めて自分の甥である少年を見つつ、そばに座るようにと促す。

「そうまでして月《カマル》の力を持つ可能性のある子供を身辺に集めながら、結局、もっとも信頼していた近衛の兵に裏切られた――皮肉なものだな」

サイードも同感ではあるが、こうまできっぱり言葉にされると、やはり心は曇る。どれほど王たる資質を失いはしても、スルターン・ナジャーは彼らの父親なのだから。

「父上は、その後……？」

「ご健勝であられる、身体だけはな。――だが、近衛の裏切りがよほど衝撃だったたか、すっかりお心を弱くしてしまわれた。人前に出るのが恐ろしいのか、病院の一室に閉じこもっておられる。私がお見舞いにいっても、ほとんど視線も合わせてくださらぬが」

「そう、ですか……。おいたわしいことです。あれほど勇猛果敢《ゆうもうかかん》だった父上が」

「それだけの器でしかなかった、ということだ。力を持つ子供に守られていなければ、おちおち王座に就いていることもできぬ者に、国を背負うことができようはずがない」

「……兄上……」

「それが事実だ。誰かの犠牲の上に権力を保とうとする者は、神が許さぬということだろう」

「——あなたは、お強い」

十三歳も離れているせいか、兄弟として遊んだことなど一度もないアスラーンは、サイードにとって、遙かに遠い存在であり、だが、希望でもあった。

いつか獅子の名を持つこの兄が、バハール首長国に立つ日がきたら、ナフルをともなって懐かしい故郷に帰ることができるかもしれないと、わずかな期待を胸に秘めていた。

だが、まさかこんなに早く、スルターン・アスラーンの時代がこようとは。

帰郷の望みがかなうかもしれないと思うと同時に、やはり父親の身に降りかかった不幸は、心に痛い。なのに、サイードにとって希望の灯であるアスラーンは、無慈悲なほどの為政者の目で、それはただ器でなかったからだと言いきる。

(まさに獅子王だな……)

サイード自身、蛍から傲岸不遜《ごうがんふそん》との称号を戴《いただ》いているが、この兄に比べれば、自分など仔猫のようなものだと感じざるをえない。

らしくもなく、うろうろと視線をさまよわせるサイードを、アスラーンはまっすぐに捉えて、問いかけてくる。

「ところで、おまえに相談があるのだが」

「はい。お力になれるなら、なんなりと」

「知ってのとおり、私には息子がいない。だが、スルターンとなった以上、無用な継承者争いを避けるためにも、一刻も早く皇太子を立てねばならん」

「はい。そのことは俺も気にかけていました」

「順番からいえば、やはり第二王子のナーゼルということになるが」

「そうですね」

サイードは、これまた遊んだ記憶もない、二番目の兄の顔を思い浮かべる。

アル＝カマル一族の中では珍しい、控えめなタイプで、長子アスラーンの威光に気圧《けお》されてか、王子としての存在感はあまりに薄い。

「だが、あれには荷が勝ちすぎると思わぬか？」

「賢い方だと思います。おとなしすぎる、と評価する者もいるようですが」

「そうなのだ。かといって、三男のラヒムでは、逆に感情的すぎる。あのふたりは同母のわりに、性格は正反対だからな」

「では、第五王子以下の者を？　まだ十代ですが、帝王学を身につけるには、むしろ早いほうがいいかと思います」

「ひとり飛ばしたな。第四王子がおろう、私の目の前に」

「は……？」

「サイード、皇太子として国に戻ってこぬか？　幼いころに月《カマル》の力を持っていたおまえならば、重臣たちも納得しよう」

「いえ……でも、それは……」

これを求められるのが、いちばん不安だった。

性格や能力を考えれば、アスラーンがそういう結論を出すのは、自惚《うぬぼ》れ抜きで、なんとはなしに想像していた。だからこそさりげなく、自分を飛ばしたのだったが。

やはり、そうたやすくはいかないようだ。

「——俺には無理です。まだ国へは帰れません」

「まだ父上の仕打ちが忘れられぬのか？　確かに父上は、ずいぶん勝手なことをした。力を求めておまえをそばに置き、力を失ったとたんに見捨てた」

「そのことは、もういいのです」

父親の愛を欲しがって、ひたすら命じられるままに従っていたのも、力を失い無用の長物《ちょうぶつ》となり果て、自暴自棄《じぼうじき》になったのも、サイードにとってはすでに過去のことだ。

もはや恨みも、哀しみもない。

心の隙間を埋めてくれる大事なものを、手に入れたいまとなっては。

「――実は、俺にはこの国に、愛する人がいるのです」

それを口にできる自分が、誇らしい。

「何？」

あまりにサイードには不似合いの言葉に、アスラーンはわずかに眉根を寄せた。

「愛する者がいるのか、おまえに？」

「はい。お笑いください。――恋人と離れたくないのです。どこにいようと、バハール首長国の将来のために力を尽くすとお約束しますが、皇太子という形で国を背負えば、俺の恋人は確実に身を引くでしょう」

「そうか、日本人は奥ゆかしいのだったな」

「というか、俺の恋人は身分差を気にします。自分を蔑《さげす》む傾向があります。なので……」

不明瞭な言い訳をしつつサイードは、なんて情けない、と心で唾棄《だき》する。

いつも逃げてばかりだ。ナフルを授かったときにも、ライラーを失ったときにも、より楽な道へと、より傷つかないほうへと。

いまも蛍が男だということを口にできず、なんとか遠回しに説明しようとしている。

王宮を占拠した近衛兵の前に、恐れもなく進み出て、父王の退位をうながした勇敢なるアスラーンに対して、こんな女々しい理由が通用するとは思えない。

「わかった」

だが、恐れていた返答は、意外なものだった。

「よくやった、サイード！　それこそ男のロマンというものだ」

「は……？」

「おまえがライラーと結婚したとき、私は納得がいかなかった。従姉妹としての情はあっても、それだけでいいものかと。結果、ナフルを得たが、ライラーを失った。――日本に発つおまえを見送りながら、もう二度とおまえは、恋などしないだろうと思っていたのだが……」

「いいえ……、いいえ、兄上！」

サイードは告げる。ライラーへの想い、父親への不信、色々なものを乗り越えて、自分は真実に出会ったのだと。

「俺は、この日本で、本当の恋を見つけました！」

「よく言った、サイード。私は恋には寛容だ。国より恋人を選ぶと口にできる、そんなおまえを私は誇りに思うぞ」

「兄上……？」

生き生きと金色の瞳を輝かせる兄を見て、サイードは思い出した。

アスラーンは王族としての使命を理解しながらも、本当にたまにではあるが恋愛絡みで暴走することがあったのだと。

（そうだ、決して王族の責務を忘れぬお方だが、兄上こそ、究極の恋愛バカだった……！）

常に、恋を追っていた。

欲しいとなれば、強引に奪いとる。

それができずにぶち切れたことが、過去に数度ある。

（絶対、何があっても……兄上と蛍は会わせないぞ！）

恋愛を公認してくれた相手を前にして、いきなり的外れな覚悟を決めるサイードも、じゅうぶん恋愛バカだった。

「よかろう、無理強いはせぬ。皇太子になりたがっているやつは、他にいくらでもいる」

そう言ってアスラーンは、呑気にルークと遊んでいたナフルに、目を向けた。

「そうだナフル、おまえ、皇太子にならぬか？」

突然、奇妙な提案を持ちかけられて、ナフルは大きな目をまん丸に見開いた。

「へえ？」

「サイードもライラーもともに王族——ある意味おまえは、我ら兄弟たちより、よほどアル＝カマル一族の血を色濃く継いでいる。おまえなら頑固な爺様どもも、納得するやもしれん。どうだ、皇太子にならぬか？」

「えー？　なんかめんどうそう」

「それはしかたあるまい。権力を持つ者は、それに見合う責任を背負うもの。だが、いいこともある。皇太子になれば、やがてはスルターン。なんでも思うがままだ。産油国の立場は強いぞ。

日本政府でさえ手玉にとれる」

「そんなにえらいの？　サイードより？」

「むろんだ。おまえがスルターンになれば、サイードより身分が上になる。そうなれば、いくら父親であっても、サイードはおまえに逆らえぬ」

「サイードが、ボクに逆らえないの？」

「そうだ。スルターンは父親より偉い」

「………」

しばしアスラーンを見上げながら何事か考えているふうのナフルだったが、やがてサイードを振り返り、にんまりと笑った。

いままでもサイードを何度か驚かせた、小悪魔然とした、その笑み。

（こ、こいつ、何を考えてる……？）

瞬間、サイードはギクリと固まった。

「いいよ、ボク。伯父上のあとを継いでも」

「そうか。皇太子になるか？」

「うん。だって、すっごく欲しいものがあるんだもん。いまはサイードのもんなんだけど」

六歳の少年が欲しいと切に願っているものを、サイードは知っている。知っているから、ゾッと背筋に冷たいものが流れるのを感じた。

(蛍か……？　蛍を狙ってるのか……!?)

ナフルは、してやったりとばかりに、胸を張った。

「十年後にはボクのことを考えてくれるって、約束なんだ」

ここよりはじまる親子対決――さて、勝利の女神はどちらに微笑むのか。


――だが、しかし。

こましゃくれたガキに、そうそういい思いをさせるほど、運命は優しくない。

その二カ月後――次兄のナーゼルが皇太子に決まったとの一報を聞いたサイードは、心底からアスラーンの炯眼《けいがん》と決断に感謝したのだった。


――おわり――

モフモフ
獅子王《ししおう》
剣解
原作 あさぎり夕
さすが空気が澄んでると満月も一際きれいだな
あれは満月ではないまだ十四夜だ
へぇ?
一日違いを見分けられるの?
私は月の満ち欠けを感じとれる
というより潮汐《ちょうせき》の気配をかな

満月の夜は
精力が漲るとか？
もしかして
狼にでも
変身なさる？
まさか
私が変身するのは獅子だ
自分では見ることが
できないが
金色の瞳 黒い鬣《たてがみ》の
見事なライオンだというぞ
はぁあー？
獅子男って
マジそれ!?
うそだ
おい…
一瞬でも
信じるか
だから
お前は
素直だと

だが
今夜だけ獅子男になって
おまえを食ってやろうか
精力も漲っているぞ
マズイ…！
その気に
させた…
いや俺
ケモノ系とか
モフモフ系とか
趣味じゃないし…
…ッ…
ああ…
このバカ獅子王……

く…食われたぁ…
で
モフモフとは
なんだ?
…あんたには
絶対似合わない
言葉
the End

あとがき

いつもご愛読くださっている方も、初めましての方も、こんにちは、あさぎり夕です。『獅子王の蜜月～Mr.シークレットフロア～』をお手に取ってくださって、ありがとうございます。この作品は志摩&アスラーンが主役の『獅子王の純愛』の続きになりますが、この一冊でもお楽しみいただけるかと思います。

主人公の志摩創生は、獅子王アスラーンに一方的に愛されてしまい、いやだいやだと言いつつ流されっぱなしの、自称、狡猾で計算高いひねくれ者だけど才能は凡人の上、という自己評価が高いんだか低いんだかわからない男です。自分比でもっとも情けない受ですが、今回は彼なりに頑張って、恋愛方面だけでなくバハール首長国の将来のことも考えたりしています。

攻のアスラーンは王位に就いて、一冊目よりさらに自信満々になりました。あまりにできすぎ男なもので、ちゃちな当て馬を出しても揺らぐはずはないだろうと思い、悩みどころを皇太子の選定という国の問題に持っていきました。

その候補として、次男ナーゼル、三男ラヒム、四男サイードの三人の異母弟たちが出てきますが、書いていて楽しかったのは、やはり腹に一物のあるナーゼルですね。

私は、まっすぐ男とひねくれ男とのいがみあいが好きなんですが、今回はそれをアスラーンとナーゼルの兄弟でやってみました。志摩が性格曲がりの思考回路をフルに使って、その仲介をするあたりが、書いててとっても楽しかったです。

四男サイードは、ＢＢＣ『Mr.シークレットフロア～砂漠の香りの男～』の攻です。恋人の蛍と、息子のナフルもちょっと出てますが、コミックの方もお手にとっていただけると嬉しいです。剣さんが描くアラブ男がたっぷり見られますよ。

さて、このシリーズは、シークレットフロアと共感覚が常に出てくるのですが、月の力《カマル》が実は匂いに特化した共感覚とか、アスラーンが持っているなんらかの力とかの、詳しい説明は省いてしまいました。なんというか、月の力《カマル》に関しては理論的な説明はいらないような気がするし、アスラーンも自分に特別な力はないと思っているあたりが、逆に、彼の不動の自信を物語っているので、それはそれでいいのかなと。

このコラボを始めてもう五年になります。いつの間にかコミックが四冊、ノベルズが八冊になっていました。これもひとえに読者の皆様の応援のおかげと感謝しております。

そして、いつも校正をしてくれているマネージャー氏、編集部の皆様、デザイナーさんを始めとしたスタッフの皆々様、本当にお世話になっております。この場を借りてお礼申し上げます。ありがとうございます。

では、またいつかお目にかかれる日を楽しみに、皆様もどうぞお元気で。

二〇一五年　寒波襲来　　あさぎり　夕

あとがき

志摩さんの続編、大変うれし楽しく描かせていただきました。
今回はアスラーン陛下の兄弟構成なんかも明らかになってきて、興味津津ですね！

また描かせていただけたこと、ご覧いただけたことに、まことに感謝です。
ありがとうございました!!

剣解

せっかくの出番にあまり顔が見えなかった2人をあとがきにかいてみました。
ラヒム君がかわいかったです♥

◆初出一覧◆

獅子王の蜜月　～Mr.シークレットフロア～　／書き下ろし
ナフルの傍迷惑すぎる将来図　／書き下ろし
モフモフ獅子王 by剣 解　／描き下ろし

ビーボーイノベルズをお買い上げ
いただきありがとうございます。
この本を読んでのご意見・ご感想
をお待ちしております。

〒162-0825 東京都新宿区神楽坂6-46
ローベル神楽坂ビル5階
リブレ出版㈱内 編集部

リブレ出版WEBサイトでアンケートを受け付けております。
サイトにアクセスし、TOPページの「アンケート」から該当アンケートを選択してください。
ご協力をお待ちしております。

リブレ出版WEBサイト http://www.libre-pub.co.jp

BBN B●BOY NOVELS

獅子王の蜜月 ～Mr.シークレットフロア～

2015年2月20日 第1刷発行

著者――あさぎり夕

発行者――太田歳子

発行所――リブレ出版 株式会社

〒162-0825 東京都新宿区神楽坂6-46ローベル神楽坂ビル
営業 電話03(3235)7405 FAX03(3235)0342
編集 電話03(3235)0317

印刷所――株式会社光邦

Printed in Japan
ISBN 978-4-7997-2485-9